ぼくらの㊙《まるひ》学《がく》園《えん》祭《さい》

宗《そう》田《だ》 理《おさむ》・作
はしもとしん・絵

角川つばさ文庫

「ぼくら」の事件《じけん》ファイル

夏休《なつやす》み 東京《とうきょう》の中学校《ちゅうがっこう》、1年《ねん》2組《くみ》の男子全員《だんしぜんいん》が消《き》えた。じつは、廃工場《はいこうじょう》に立《た》てこもり、解放区《かいほうく》とした、大人《おとな》への反乱《はんらん》だった！

2学期《がっき》 “天使《てんし》ゲーム” それは、1日《にち》1回《かい》、大人《おとな》にいたずら！　ところが、殺人事件《さつじんじけん》が…!?

3学期《がっき》 宇野《うの》と安永《やすなが》がUFO《ユーフォー》につれ去《さ》られたように消《き》えた!?　二人《ふたり》を救《すく》うため、宗教団体《しゅうきょうだんたい》の要塞《ようさい》へ侵入《しんにゅう》！

春休《はるやす》み ドロボウのアジトを発見《はっけん》。盗品《とうひん》をうばい返《かえ》し、貧《まず》しい人《ひと》にバラまく計画《けいかく》を立《た》てる！

ゴールデンウイーク 学校《がっこう》を解放区《かいほうく》に！　廃校《はいこう》をおばけ屋敷《やしき》にして、悪《わる》い大人《おとな》との戦《たたか》い！

2年《ねん》1学期《がっき》 新担任《しんたんにん》と校長《こうちょう》が来《き》た。ところが、殺人予告状《さつじんよこくじょう》!?

2年夏休《ねんなつやす》み 美《うつく》しい自然《しぜん》をこわす大人《おとな》と、南《みなみ》の島《しま》での戦《たたか》い！
無人島《むじんとう》で怪盗《かいとう》との戦《たたか》い！

2年《ねん》2学期《がっき》 ヤバイバイト作戦《さくせん》！　黒《くろ》い手帳《てちょう》を手《て》に入《い》れる。

2年《ねん》3学期《がっき》 悪《わる》い大人《おとな》をやっつけるため、C計画委員会《クリーンけいかくいいんかい》を結成《けっせい》！　悪《わる》い㊫会社《ブラックかいしゃ》との戦《たたか》い!!

3年《ねん》1学期《がっき》 ぼくらだけの修学旅行《しゅうがくりょこう》を計画《けいかく》！　爆笑《ばくしょう》＆スリル満点《まんてん》の体育祭《たいいくさい》！　子《こ》どもだけのテーマパークで決戦《けっせん》!!

3年夏休《ねんなつやす》み ぼくらは太平洋戦争中《たいへいようせんそうちゅう》の1945年《ねん》にタイムスリップ!?
小学生《しょうがくせい》とおばけ屋敷《やしき》を作《つく》る！

3年《ねん》2学期《がっき》 人気《にんき》アイドルが一日校長《いちにちこうちょう》に！

目次《もくじ》

ぼくらの秘学園祭
人物紹介《じんぶつしょうかい》
菊地英治《きくちえいじ》
東中《ひがしちゅう》3年《ねん》。
いたずらを
思《おも》いつく天才《てんさい》。
相原《あいはら》 徹《とおる》
英治《えいじ》の親友《しんゆう》。
両親《りょうしん》は塾《じゅく》を
経営《けいえい》。
仲間《なかま》をまとめる
リーダー。
柿沼直樹《かきぬまなおき》
医院《いいん》の息子《むすこ》。キザな性格《せいかく》。
安永《やすなが》 宏《ひろし》
友情《ゆうじょう》に厚《あつ》い、
けんかの達人《たつじん》。
久美子《くみこ》が
好《す》き!?
天野司郎《あまのしろう》
アナウンサー志望《しぼう》。
司会進行《しかいしんこう》と実況《じっきょう》の天才《てんさい》。
中山《なかやま》ひとみ
水泳《すいえい》は中学《ちゅうがく》で
一番《ばん》の美少女《びしょうじょ》。
橋口純子《はしぐちじゅんこ》
中華料理屋《ちゅうかりょうりや》の娘《むすめ》で、
七人兄弟《にんきょうだい》の長女《ちょうじょ》。
堀場久美子《ほりばくみこ》
得意技《とくいわざ》がケリ、
けんかの達人《たつじん》。

立石《たていし》 剛《つよし》
花火職人《はなびしょくにん》の
息子《むすこ》。
日比野《ひびの》 朗《あきら》
食《た》べるの大好《だいす》き、
料理《りょうり》も得意《とくい》。
ヴィットリオ
イタリアから
ひとりで
日本《にほん》に来《き》た
十歳《さい》の少年《しょうねん》。
中尾和人《なかおかずと》
塾《じゅく》に通《かよ》わず、
抜群《ばつぐん》の秀才《しゅうさい》。
宇野秀明《うのひであき》
電車《でんしゃ》や路線《ろせん》に
くわしい。
矢場《やば》 勇《いさむ》
テレビレポーター。
ぼくらの捜査《そうさ》に協力《きょうりょく》。
瀬川卓蔵《せがわたくぞう》
永楽荘《えいらくそう》に
住《す》む老人《ろうじん》。
ぼくらの味方《みかた》。

一章《しょう》　学校《がっこう》に行《い》けないよ

1

ことしの夏《なつ》の暑《あつ》さは記録的《きろくてき》だった。

九月《がつ》になってもその暑《あつ》さはおとろえず、どの顔《かお》を見《み》ても、夏《なつ》バテでげんなりしている。

とくに宇野《うの》は細《ほそ》い足《あし》と腕《うで》だけが目立《めだ》って、アメンボウのようにやせてしまった。

「日比野《ひびの》、おまえどうしてそうなんだ？」

日比野《ひびの》の腹《はら》は、夏休《なつやす》み前《まえ》よりひとまわり大《おお》きくなったようだ。その腹《はら》を宇野《うの》がうらやましそうにつついた。

「それはおれが聞《き》きてえよ。おまえどうしてそんなにやせちゃったんだ？」

逆《ぎゃく》に日比野《ひびの》がきいた。

「食欲《しょくよく》がぜんぜんないんだ」

宇野《うの》は、声《こえ》まで力《ちから》がない。

「ずっと塾《じゅく》に通《かよ》ってたんだろう？」

「うん」

「あれは腹《はら》によくねえからな。おれなんか、三日《みっか》通《かよ》ったらゲリさ」

「いいこと聞《き》いちゃった。おれ減量塾《げんりょうじゅく》ってのをはじめようかな。三日《みっか》でやせられますなんちゃって。きっとはやるぜ。な」

天野《あまの》は、日比野《ひびの》の肩《かた》をたたいた。

「勉強《べんきょう》してやせるくらいなら、太《ふと》ってたほうがよっぽどましだぜ」

日比野《ひびの》は全然《ぜんぜん》のってこない。

「佐山《さやま》、いつ東京《とうきょう》に帰《かえ》ってきたんだ？」

英治《えいじ》は、にこにこ笑《わら》いながら、みんなの話《はなし》を聞《き》いている佐山《さやま》に言《い》った。

「八月《がつ》の終《お》わり」

「山《やま》に登《のぼ》ったのか？」

「槍《やり》に登《のぼ》った」

「すっげえ！」

みんなの目《め》が、いっせいに佐山《さやま》に注《そそ》がれた。

「それほどでも……」

佐山《さやま》は、ちょっとまぶしそうな目《め》をすると、担任《たんにん》の南原《なんばら》が入《はい》ってきた。

「もう二学期《がっき》がはじまったんだ。もう少《すこ》ししまりのある顔《かお》をしたらどうだ？」

「はーい」

「なんだその声《こえ》は、動物園《どうぶつえん》のロバだって、もう少《すこ》しましな声《こえ》でなくぞ。もう一度《いちど》やってみろ」

「はーい」

「よし、こんどは気合《きあ》いが入《はい》った。相原《あいはら》、学園祭《がくえんさい》の計画案《けいかくあん》を見《み》せろ」

「まだです」

「まだ？　二学期《がっき》になったら最初《さいしょ》の日《ひ》に出《だ》せと言《い》ったはずだぞ。おれは武士《ぶし》の情《なさ》けで二日《ふつか》待《ま》ってやったんだ」

「あと一週間《しゅうかん》待《ま》ってください」

「学園祭《がくえんさい》の計画《けいかく》を出《だ》しとらんのはうちのクラスだけだ。一週間《しゅうかん》なんてとても待《ま》てん。今週《こんしゅう》いっぱいだ」

「はい、じゃあそうします」

学園祭《がくえんさい》は毎年《まいとし》十月《がつ》十五日《にち》に行《おこな》われることになっているが、ことしの実行委員長《じっこういいんちょう》は相原《あいはら》がえらばれた。

みんな、来年《らいねん》の高校受験《こうこうじゅけん》のことで頭《あたま》がいっぱいなので、学園祭《がくえんさい》への関心《かんしん》はまるでない。

といって、何《なに》もやらないというわけにいかないので、むりやり相原《あいはら》に実行委員長《じっこういいんちょう》を押《お》しつけてしまったというわけだ。

「来年《らいねん》の高校受験《こうこうじゅけん》はたしかに大切《たいせつ》だ。しかし、それだからといって、学園祭《がくえんさい》をやるくらいのゆとりはほしい」

「一学期《がっき》は、受験《じゅけん》以外《いがい》のことは何《なに》も考《かんが》えるなって言《い》ったくせに。ちょっと矛盾《むじゅん》してねえか」

日比野《ひびの》は独《ひと》り言《ごと》のつもりだったらしいが、これは計算《けいさん》ちがいだった。南原《なんばら》は、じろりと日比野《ひびの》をにらみすえて、

「日比野《ひびの》、おまえは夏休《なつやす》み中《じゅう》食《く》って寝《ね》てばかりいたんだろう?」

「勉強《べんきょう》もやりました」

「うそだ、うそだ。その腹《はら》がちゃんと証明《しょうめい》している」

日比野《ひびの》は、あわてて腹《はら》をひっこめた。

「先生《せんせい》、こんどの学園祭《がくえんさい》には、いままでやったことのないようなものを考《かんが》えているんですが、いいですか?」

相原《あいはら》が立《た》ちあがって言《い》った。

「いいと言《い》いたいところだが、あまり過激《かげき》なものは困《こま》る。中学生《ちゅうがくせい》の常識的《じょうしきてき》なものをやってほしい」

「おれたちって、そういうの興味《きょうみ》ねえんだよな」

安永《やすなが》が言《い》うと、みんなが「そうだ、そうだ」と、あいづちを打《う》った。

一時間目《じかんめ》の授業《じゅぎょう》が終《お》わったとき、

「何《なに》かおもしろいこと考《かんが》えてんのか？」

英治《えいじ》は相原《あいはら》のところに行《い》ってきいた。

「まあな」

「おしえろよ」

みんなが、わっと集《あつ》まってきた。

「赤《あか》ずきんちゃんだ」

「なに？　それ。おれたち幼稚園児《ようちえんじ》じゃねえんだぜ」

柿沼《かきぬま》が真《ま》っ先《さき》に反対《はんたい》した。

「赤《あか》ずきんじゃ、カッキーの出番《でばん》ねえもんな。赤《あか》ずきんはひとみ、狼《おおかみ》が化《ば》けたおばあさんは久美子《くみこ》というところかな。これで決《き》まりだ」

「天野《あまの》くん、そういうこと言《い》っていいの？」

久美子《くみこ》は、思《おも》いきり天野《あまの》のおしりをたたいた。

「痛《いた》っ。そういうところが狼《おおかみ》ばばあなんだよ」

天野《あまの》は逃《に》げながら、久美子《くみこ》を挑発《ちょうはつ》した。

「みんなに言《い》っておきたいことがある。赤《あか》ずきんをまともにやったって、おもしろいわけない。赤《あか》ずきんと言《い》えば、先生《せんせい》は油断《ゆだん》する。そこで……」

相原《あいはら》はそこで口《くち》を閉《と》じた。

「相原《あいはら》、もったいぶらずにおしえろよ」

天野《あまの》が食《く》いついた。

「それは㊙《まるひ》だ」

「㊙《まるひ》だって、おしえてくれてもいいだろう。それとも、おれたちを信用《しんよう》できねえっていうのかよ」

立石《たていし》がすごんでみせた。

「秘密《ひみつ》でもなんでもない。これからみんなで考《かんが》えるのさ」

「なんだ、そういうことか」

立石《たていし》は簡単《かんたん》に機嫌《きげん》を直《なお》した。

「立石《たていし》、いい案出《あんだ》せよ」

「おれの案《あん》っていえば、花火《はなび》しかねえしな」

「学園祭《がくえんさい》に花火《はなび》は無理《むり》だぜ」

「そうだよな。だれかいい案《あん》ねえか？」

立石《たていし》はみんなの顔《かお》を見《み》まわしたが、だれも返事《へんじ》をする者《もの》がいない。

「みんな受験《じゅけん》で頭《あたま》がいっぱい」

純子《じゅんこ》が情《なさ》けなさそうな顔《かお》をした。

「純子《じゅんこ》はいいよ、ゆくゆくはラーメン屋《や》をやればいいんだから。ところがおれたちはそうはいかねえのさ。だから、やりたくもねえ勉強《べんきょう》やってんだ」

宇野《うの》が悟《さと》りきったようなことを言《い》う。しかし、だれもひやかす者《もの》はいなかった。

2

英治《えいじ》は、その日《ひ》ずっと、赤《あか》ずきんをどうしたらおもしろくできるか考《かんが》えていた。しかし、妙案《みょうあん》は浮《う》かばない。

学校《がっこう》からの帰《かえ》り、相原《あいはら》にそのことを話《はな》すと、

「あれは急《きゅう》に思《おも》いついて言《い》っただけさ。わかるわけねえよ」

と、簡単《かんたん》に言《い》う。

「なんだ。考《かんが》えてばかみた」

「そんなことはねえ。赤《あか》ずきんをやることに決《き》めたのは、この企画《きかく》なら南原《なんばら》は安心《あんしん》するだろうと考《かんが》えた

からだ」

「手抜《てぬ》きしてるって言《い》われねえか？」

「そうかもな。じゃあ、白雪姫《しらゆきひめ》の七人《にん》の小人《こびと》を合体《がったい》させるか」

「どうやって……？」

「なんとかなるさ。これなら配役《はいやく》も多《おお》くていいんじゃねえか？」

相原《あいはら》はのんきなことを言《い》うが、英治《えいじ》には、どんな劇《げき》になるのか見当《けんとう》もつかない。

「赤《あか》ずきんと七人《にん》の小人《こびと》たち。これで決《き》まりだ。あした南原《なんばら》に提出《ていしゅつ》するよ」

「いいだろ、いいだろ」

英治《えいじ》も無責任《むせきにん》に答《こた》えておいた。

「先輩《せんぱい》」

という声《こえ》がうしろからした。ふり向《む》くと一年《ねん》の青葉《あおば》が走《はし》ってくる。

「きょう、サッカーの練習《れんしゅう》はないのか？」

英治《えいじ》がきいた。

「きょうは休《やす》みですよ」

「暑《あつ》いからって気抜《きぬ》くんじゃないぞ」

英治《えいじ》は、いちおう先輩《せんぱい》らしいことを言《い》ってから、ちょっと気《き》はずかしくなった。

「あの……」

青葉《あおば》がまじめな顔《かお》になって相原《あいはら》に言《い》った。

「何《なに》か話《はなし》があるのか？」

「じつはぼくのクラスで、一学期《がっき》からずっと不登校《ふとうこう》の子《こ》がいるんです」

「男子《だんし》か女子《じょし》か？」

「女子《じょし》です。夏休《なつやす》みに会《あ》ったとき、二学期《がっき》からは絶対行《ぜったいい》くって言《い》ったのに、やっぱり来《き》てないんです」

「なんて名前《なまえ》だ？」

「河辺由美子《かわべゆみこ》っていうんです」

「そうか」

それまで底抜《そこぬ》けに晴《は》れあがっていた空《そら》に、突然黒《とつぜんくろ》い雲《くも》が広《ひろ》がりだしたような不安《ふあん》な気分《きぶん》がしてきた。

「由美子《ゆみこ》とぼくは小学校《しょうがっこう》のときからいっしょでした」

青葉《あおば》は遠《とお》くに目《め》をやった。

「いじめられていたのか？」

「そうなんです。これは彼女《かのじょ》のママがうちのママに話《はな》したことなんですが、彼女《かのじょ》は小学校《しょうがっこう》二年《ねん》のとき、紫斑病性腎炎《しはんびょうせいじんえん》という病気《びょうき》になり二年間入院《ねんかんにゅういん》していたんです」

「二年《ねん》もか」

英治《えいじ》は思《おも》わずため息《いき》が出《で》た。自分《じぶん》だったらとても耐《た》えられないと思《おも》った。

「退院《たいいん》したときは四年生《ねんせい》で、やっと学校《がっこう》に出《で》てくるようになったんですが、医者《いしゃ》はまだ運動《うんどう》をしてはいけないと言《い》ったのに、彼女《かのじょ》はみんなと仲良《なかよ》くなりたいために一生懸命《いっしょうけんめい》やりました」

「わかるな、その気持《きも》ち」

「ところが、彼女《かのじょ》が入院《にゅういん》していたのは、頭《あたま》がおかしかったからじゃないかとだれかが言《い》いだし、〝ばかんべ〟〝ばかんべ菌《きん》〟というあだなをつけて、みんなでいじめたんです」

「青葉《あおば》もやったのか？」

「はい」

青葉《あおば》は、はずかしそうにうつむいた。

「どんないじめをやったんだ？」

相原《あいはら》がきいた。

「彼女《かのじょ》がそばに来《く》ると、うつるとか言《い》って逃《に》げたり……。シカトしたり、いろんなことやりました」

「小学校卒業《しょうがっこうそつぎょう》するまでずっとか？」

「六年《ねん》のときは少《すこ》しおさまったんですが、中学《ちゅうがく》に入《はい》るとだれかが彼女《かのじょ》のことをクラスのみんなに言《い》いふらしたんですよ」

「きたねえやろうだな」

英治《えいじ》は、頭《あたま》がかっと熱《あつ》くなってきた。

「そこで、みんなから『おまえ小学校《しょうがっこう》のころ頭《あたま》がおかしくて入院《にゅういん》してたんだろう』とか『ばかんべ』とか言《い》われ、蹴《け》ったり、下敷《したじ》きの角《かど》でなぐったりするやつまであらわれたんです」

「おまえ、それを黙《だま》って見《み》ていたのか？」

英治《えいじ》は青葉《あおば》をにらみつけた。

「由美子《ゆみこ》をいじめるのは片山《かたやま》っていって、体《からだ》もでかいし、けんかも強《つよ》いんです」

「ばかやろう。そういうやつとのけんかのやり方《かた》おしえてやったろう」

「それは、その前《まえ》のことなんです」

「女子《じょし》でかばってやるやつはいなかったのか？」

相原《あいはら》が静《しず》かな口調《くちょう》できいた。

「女子《じょし》は、それまで友《とも》だちだったのもいたのに、それからはシカトしたり、文句《もんく》言《い》ったり、ありもしないことをうわさしあったり……」

「それじゃ、だれだって学校《がっこう》に行《い》けなくなるぜ」

「五月《がつ》から学校《がっこう》をよく休《やす》むようになりました。そこでぼくは保健《ほけん》の西脇先生《にしわきせんせい》に頼《たの》みに行《い》ったんです。彼女《かのじょ》をなんとかしてほしいって」

西脇先生《にしわきせんせい》と聞《き》いて、英治《えいじ》は一年《ねん》のとき工場《こうじょう》に立《た》てこもったときのことを思《おも》いだした。

「いいことやったな。西脇先生《にしわきせんせい》なら、なんとかしてくれただろう？」

「それから学校《がっこう》によく来《く》るようになったんですけど、先生《せんせい》が七月《がつ》に結婚《けっこん》でやめてしまってから、ぱったり来《こ》なくなりました」

西脇先生《にしわきせんせい》が結婚《けっこん》して学校《がっこう》をやめると聞《き》いたときは、英治《えいじ》たちもがっかりしたものだった。

「どうしていいのは行《い》っちゃって、わるいやつばかり残《のこ》るんだ」

そのとき安永《やすなが》の言《い》った言葉《ことば》を、英治《えいじ》は今《いま》でもおぼえている。

「おれたちが、その子《こ》に会《あ》いに行《い》くわけにはいかねえから、久美子《くみこ》に言《い》って、おれたちのところへ連《つ》れてきてもらおう。そこでじっくり話《はなし》を聞《き》いてからだ」

「何《なに》かいい方法《ほうほう》があるんですか？　先輩《せんぱい》」

「何《なに》かしなきゃ、どうにもならなくなっちゃうだろう」

「それを心配《しんぱい》してるんです。ぼくにも責任《せきにん》があります。おねがいします」

青葉《あおば》はぺこんと頭《あたま》を下《さ》げた。

「佐山《さやま》に頼《たの》もう」

「何《なに》を頼《たの》むんだ？」

「耳《みみ》のよく聞《き》こえない佐山《さやま》だって、苦労《くろう》して学校《がっこう》に来《き》てるんだ。彼《かれ》から言《い》ってもらえば、河辺《かわべ》だってきっと言《い》うこと聞《き》くと思《おも》うんだ」

「佐山《さやま》はいい。相原《あいはら》、いいことに気《き》がついたな」

「先輩《せんぱい》、おねがいします」

青葉《あおば》は、何度《なんど》も頭《あたま》を下《さ》げた。

「青葉《あおば》、おれたちは来年《らいねん》になったらいなくなっちゃうんだ。自分《じぶん》たちのことは、自分《じぶん》たちでやるようにしなきゃだめだぞ」

相原《あいはら》の言葉《ことば》には説得力《せっとくりょく》がある。青葉《あおば》は深《ふか》くうなずいた。

「はい」

「こんどのことは引《ひ》きうけたが、これからはおまえがやるんだ」

「ぼくに、先輩《せんぱい》たちみたいなことができますか？」

「できる。その気《き》になりゃな」

相原《あいはら》は力強《ちからづよ》い声《こえ》で言《い》った。

3

「矢場《やば》さんが話《はなし》があるって電話《でんわ》があったから、家《いえ》に来《こ》ないか」

家《いえ》に着《つ》くと、ほとんど同時《どうじ》に相原《あいはら》から電話《でんわ》がかかってきた。

幸《さいわ》い、家《いえ》に母親《ははおや》の詩乃《しの》はいない。かばんを放《ほう》りだして家《いえ》を出《で》た。

相原《あいはら》の家《いえ》の前《まえ》で久美子《くみこ》に会《あ》った。

「学園祭《がくえんさい》の相談《そうだん》？　狼《おおかみ》が化《ば》けたおばあさんなんて、わたしいやだよ」

「学園祭のことじゃない。久美子《くみこ》に頼《たの》みたいことがあるから呼《よ》んだんだと思《おも》うな」

二人《ふたり》が中《なか》へ入《はい》ると、安永《やすなが》と天野《あまの》がもう来《き》ていた。

「うちのクラスの学園祭《がくえんさい》の演《だ》し物《もの》は、『赤《あか》ずきんと七人《にん》の小人《こびと》たち』って題《だい》にした」

「なに、それ？」

久美子《くみこ》は、あきれた顔《かお》をしたと思《おも》うと吹《ふ》きだした。

「赤《あか》ずきんは、狼《おおかみ》に化《ば》けたおばあさんに食《た》べられちゃうだろう？　それから、猟師《りょうし》がやってきて鉄砲《てっぽう》で狼《おおかみ》を撃《う》ち殺《ころ》し、腹《はら》の中《なか》から赤《あか》ずきんを取《と》りだす」

「その猟師《りょうし》の役《やく》おれにやらせてくれ」

安永《やすなが》が言《い》うと相原《あいはら》は、

「いいよ。ただし、赤《あか》ずきんは狼《おおかみ》の腹《はら》の中《なか》にいる間《あいだ》に超能力《ちょうのうりょく》がついちゃうんだ」

「いいね、それ」

久美子《くみこ》がのってきた。

「ただし、その間《あいだ》に年取《としと》って、かわいい赤《あか》ずきんからおばあさんになっちゃうんだ」

英治《えいじ》が言《い》った。

「ええっ？」

「そこで赤《あか》ずきん役《やく》はひとみから青葉《あおば》んちのおばあちゃんに代《か》わる」

「あのおばあちゃんが、赤《あか》ずきんかぶって出《で》てくるの？」

「そうさ」

「だれがそんなこと考《かんが》えたの？」

久美子《くみこ》は泣《な》きそうな顔《かお》で笑《わら》いだした。

「菊地《きくち》さ」

「そうだと思《おも》った」

「感心《かんしん》したか？」

英治《えいじ》は久美子《くみこ》を見《み》て、にやっと笑《わら》った。

「感心《かんしん》したよ。いったいその頭《あたま》の中《なか》に何《なに》がつまってんの？」

「いたずらさ」

安永《やすなが》が言《い》った。

「一方《いっぽう》、七人《にん》の小人《こびと》は魔法《まほう》つかいに魔法《まほう》をかけられた王子《おうじ》たちだが、赤《あか》ずきんの超能力《ちょうのうりょく》によって元《もと》の王《おう》子《じ》にもどるって話《はなし》だ」

「せっかく、青葉《あおば》くんのおばあちゃんが出《で》てくるのに、終《お》わりがあっけないね」

「こうしとかないと許可《きょか》してくれないからさ。本番《ほんばん》のときは㊙《まるひ》のほうをやるんだ。もちろん青葉《あおば》のおばあちゃんも㊙《まるひ》だけど」

「何《なに》やるの？」

久美子《くみこ》の目《め》が輝《かがや》いた。

「小人《こびと》にした魔法《まほう》つかいは文部科学大臣《もんぶかがくだいじん》、小人《こびと》はうちの先生《せんせい》たちさ」

「先生《せんせい》はおもしろいけど、だれとだれ？」

「まだ決《き》めてねえけど、いやなやつ七人《にん》を小人《こびと》にしちゃうんだ」

「校長《こうちょう》と教頭《きょうとう》と鬼丸《おにまる》は絶対《ぜったい》入《い》れたほうがいいね」

「もちろんさ」

「女《おんな》の教師《きょうし》も入《い》れたほうがいいよ。国語《こくご》の田中《たなか》なんて、ときどきヒステリー起《お》こすからいいんじゃないかな」

「よし、久美子《くみこ》には田中《たなか》をやってもらう。それから天野《あまの》は校長《こうちょう》だ」

「相原《あいはら》、校長《こうちょう》はヤバイよ。内申書《ないしんしょ》があるからな。せめて鬼丸《おにまる》にしてくれねえか」

「いいよ。じゃあ天野《あまの》は鬼丸《おにまる》だ」

「校長《こうちょう》は日比野《ひびの》がいい。あいつなら腹《はら》が出《で》てるからちょうど似合《にあ》いだ」

天野《あまの》は勝手《かって》に配役《はいやく》を決《き》めている。

「教頭《きょうとう》はやせてるから宇野《うの》がいいんだけど、あいつはやらねえな。来年《らいねん》の試験《しけん》のことでびびってるから」

安永《やすなが》が言《い》った。

「菊地《きくち》がいいよ」

「おれが？」

「菊地《きくち》ならぴったりだ」

天野《あまの》が手《て》をたたいた。

「校長《こうちょう》より教頭《きょうとう》のほうが陰険《いんけん》だって評判《ひょうばん》だから、おれだってヤバイよ」

「いいってこと。気《き》にしない、気《き》にしない」

天野《あまの》と安永《やすなが》が軽《かる》く背中《せなか》をたたく。

「おれ、N高《エヌこう》に落《お》ちたら大阪行《おおさかい》きなんだぜ」

「だいじょうぶ。おれにまかせろ」

安永《やすなが》が胸《むね》をたたいた。

「七人《にん》の小人先生《こびとせんせい》が何《なに》をやるかは、これから考《かんが》える」

「なんだかおもしろくなりそうだな」

「天野《あまの》くん、そんなこと言《い》っていいの？　ヤバイことになるかもよ」

久美子《くみこ》が言《い》ったとき、矢場《やば》が汗《あせ》をふきながら入《はい》ってきた。

「みんな楽《たの》しそうな顔《かお》してるが、またよからぬ相談《そうだん》か？」

「わかる？」

相原《あいはら》がきいた。

「わかるさ。きみたちとのつき合《あ》いも長《なが》いからな」

相原《あいはら》は学園祭《がくえんさい》の演《だ》し物《もの》を矢場《やば》に話《はな》した。

「七人《にん》の小人《こびと》が魔法《まほう》にかけられた教師《きょうし》というのはおもしろいな。いまの教師《きょうし》なんて文部科学省《もんぶかがくしょう》の魔法《まほう》つかいの言《い》うとおりに動《うご》いているんだから、考《かんが》えようによっちゃかわいそうなもんさ」

矢場《やば》が突《つ》きはなしたように言《い》うと、

「自分《じぶん》のことをかわいそうだって思《おも》ってるならまだましだけど、そんなこと全然考《ぜんぜんかんが》えてねえやつが多《おお》いんだから、困《こま》っちゃうんだよな」

と、安永《やすなが》が言《い》った。

「安永《やすなが》の言《い》うとおりかもしれんな。人間《にんげん》ってやつは、自分《じぶん》が命令《めいれい》されるとこんどは下《した》の者《もの》に命令《めいれい》したくなるもんだ」

「子《こ》どもは下《した》だと思《おも》ってる。そこが許《ゆる》せねえんだよな。おれたちは同《おな》じ人間《にんげん》なんだ」

「安永《やすなが》も立派《りっぱ》なことを言《い》うようになったな」

矢場《やば》が感心《かんしん》した。

「現在《げんざい》の学校《がっこう》には何《なに》も問題《もんだい》がない。行《い》かないほうに問題《もんだい》があるという考《かんが》え方《かた》だ」

「学校《がっこう》に問題《もんだい》ない？　それはおかしいぜ。学校《がっこう》なんて頭《あたま》にくることだらけだ。だれだって、きょうは行《い》きたくねえって思《おも》うことあるよ。それが病気《びょうき》だなんて言《い》われちゃかなわねえぜ」

安永《やすなが》が言《い》うと、天野《あまの》が「そうだよ」と言《い》った。

「おれたち、あけても暮《く》れても勉強《べんきょう》、勉強《べんきょう》って言《い》われつづけてるんだぜ、あまやかすならそんなこと言《い》わないでくれよ」

天野《あまの》はほっぺたをふくらませた。

「たしかに、そういう意味《いみ》ではむかしの子《こ》どものほうがはるかにのんびりしていた。だいたい不登校《ふとうこう》の子《こ》どもがふえはじめるのは、日本《にほん》が高度成長時代《こうどせいちょうじだい》に入《はい》った一九六四年《ねん》、東京《とうきょう》オリンピックの年《とし》くらいからなんだ。このころから受験戦争《じゅけんせんそう》もきびしくなりだした」

「そうだよ、あんまり勉強《べんきょう》、勉強《べんきょう》って言《い》うから学校《がっこう》がきらいになるんだよ。その点《てん》、おれたちなんて勉《べん》強《きょう》やんねえから、学校《がっこう》が楽《たの》しくてしようがないもんな」

天野《あまの》は、相原《あいはら》や英治《えいじ》の顔《かお》を見《み》て、にやっと笑《わら》った。

「きみたちには関係《かんけい》ないかもしれんが、不登校《ふとうこう》になると、親《おや》が最初《さいしょ》にすることはなんだと思《おも》う？」

「学校《がっこう》に行《い》けって怒《おこ》る。それから泣《な》きつく」

久美子《くみこ》が言《い》った。

「それで行《い》けばいいが、大抵《たいてい》は効果《こうか》がない。すると、精神科医《せいしんかい》に相談《そうだん》する親《おや》もいる。すると、どうなる？」

「知《し》らない」

「精神科医《せいしんかい》は薬《くすり》をくれる」

「学校《がっこう》に行《い》きたくなる薬《くすり》があるの？」

「そんなものあるわけないだろう。神経安定剤《しんけいあんていざい》さ。しかし、それを飲《の》んでも効《き》かないというと、こんどは入院《にゅういん》をすすめる精神科医《せいしんかい》もいる」

「いやだって言《い》ったら？」

「いやだと言《い》って暴《あば》れた子《こ》がいるが、この子《こ》は病院《びょういん》に入院《にゅういん》させられてしまった」

久美子《くみこ》のほおがひきつった。

「じつは、うちの学校《がっこう》の一年《ねん》に不登校《ふとうこう》の子《こ》がいるんだ。青葉《あおば》の友《とも》だちで河辺由美子《かわべゆみこ》っていうんだけど、青葉《あおば》からなんとかしてくれと頼《たの》まれたんだ」

相原《あいはら》が言《い》った。

「へえ、そんな子《こ》がいるの？」

久美子《くみこ》は相原《あいはら》の顔《かお》をじっと見《み》つめた。

「原因《げんいん》はどうもいじめらしいんだけど、安永《やすなが》と久美子《くみこ》と二人《ふたり》で、一度《いちど》その子《こ》に会《あ》って話《はなし》を聞《き》いてやってくれないか」

「いいよ。いじめてるやつは男《おとこ》か女《おんな》か？」

「両方《りょうほう》らしい。この子《こ》は小学校《しょうがっこう》のとき病気《びょうき》で二年入院《ねんにゅういん》したんだけど、それを理由《りゆう》にいじめてるらしい」

「なんだって？」

「許《ゆる》せないよ。それは」

安永《やすなが》と久美子《くみこ》が同時《どうじ》に言《い》った。

「よし、それはおれたちにまかせてくれ」

「安永《やすなが》、いじめたやつをおまえがやっつけるのは簡単《かんたん》だけど、おれたちはあと半年《はんとし》しか学校《がっこう》にいないんだ。そのあとのことをよく考《かんが》えてやってくれよ」

「わかってるって」

安永《やすなが》は、相原《あいはら》の肩《かた》を軽《かる》くたたいた。

4

「じゃあ、これからおれの話《はなし》を聞《き》いてくれるか？」

不登校《ふとうこう》の話《はなし》に夢中《むちゅう》になっていて、矢場《やば》の用件《ようけん》をすっかり忘《わす》れていたことに気《き》づいた。

「すみません、こっちのことばかり言《い》っちゃって」

相原《あいはら》があやまった。

「不登校《ふとうこう》の話《はなし》はそれなりに興味《きょうみ》があるんだが、じつはおれ来週《らいしゅう》のはじめにイタリアへ行《い》くことになったんだ」

「イタリア？　取材《しゅざい》で行《い》くの？」

英治《えいじ》は思《おも》わず聞《き》きかえした。

「もちろん取材《しゅざい》だ。遊《あそ》びにいけるほど余裕《よゆう》はない」

「イタリアっていったらマフィアとスパゲッティしか知《し》らねえ」

天野《あまの》が言《い》ったとたん、矢場《やば》が、

「そのマフィアに関係《かんけい》があるんだ」

「え？　マフィアっていえばギャングだぜ。矢場《やば》さんヤバイよ」

天野《あまの》は真顔《まがお》で言《い》ってから、急《きゅう》に笑《わら》いだした。

「別《べつ》にマフィアをどうこうするわけじゃないが、間接的《かんせつてき》に関係《かんけい》があるんだ」

「なんの取材《しゅざい》に行《い》くの？」

久美子《くみこ》がきいた。

「絵《え》だよ」

「絵《え》とマフィアとどういう関係《かんけい》があるの？」

「これから話《はな》すことはまだオフレコだから、きみたちだけのことにしておいてくれよ」

矢場《やば》は、みんなの顔《かお》を見《み》まわした。

「それなら話《はな》さなきゃいいのに」

「安永《やすなが》の言《い》うとおりだが、きみたちに話《はな》しておきたいんだ」

「どうして？」

安永《やすなが》がたたみかけてきく。

「こんどのイタリア行《い》きは、表向《おもてむ》きは観光旅行《かんこうりょこう》ということになっている。ということは、取材《しゅざい》しているということを秘密《ひみつ》にしておきたいからだ」

「たかが絵《え》くらいで大《おお》げさじゃない？」

久美子《くみこ》がひやかし半分《はんぶん》に言《い》う。

「絵《え》といっても、ラファエロが描《えが》いたルネッサンス期《き》の名画《めいが》で、時価《じか》十億円《おくえん》以上《いじょう》するものだ」

「そんなに高《たか》い絵《え》があるのか？」

安永《やすなが》が目《め》をむいた。

「もっと高《たか》い絵《え》もあるが、これだって高《たか》い方《ほう》だ」

「買《か》ったやつの顔《かお》が見《み》てえよ」

「これは、ある美術館《びじゅつかん》が目玉《めだま》として買《か》い入《い》れたんだが、これがニセモノだということを耳《みみ》にしたんだ」

「十億円《おくえん》も出《だ》してニセモノ？　おもしれえ」

安永《やすなが》は体《からだ》を二つに折《お》って笑《わら》いだした。つられてみんなも笑《わら》った。

「どじなやつ。かわいそうだけどおかしい」

英治《えいじ》も笑《わら》いながら言《い》った。

「きみたちにとってはおかしいことだが、美術館《びじゅつかん》の館長《かんちょう》にとっては腹切《はらき》りものだ」

「ほんと。かわいそうだよ。笑《わら》っちゃだめ」

久美子《くみこ》はそう言《い》いながら笑《わら》っている。

「買《か》うときに調《しら》べたんじゃないの？」

相原《あいはら》がきいた。

「もちろん調《しら》べた。有名《ゆうめい》な鑑定家《かんていか》の鑑定書《かんていしょ》もついている」

「それならしようがないじゃないか」

「そうはいかない。この絵《え》は十月《がつ》はじめに初公開《はつこうかい》すると宣伝《せんでん》しちまっているんだ。それをいまになって
ニセモノでしたとは言《い》えん」

「どうしてニセモノだってわかったの？」

「おれに電話《でんわ》してきたやつがいるんだ。あの絵《え》はニセモノだから調《しら》べてみろって」

「電話《でんわ》してきたやつはだれ？」

相原《あいはら》の目《め》が光《ひか》った。

「わからん。名前《なまえ》は言《い》わないから。おれは最初《さいしょ》いいかげんなこと言《い》うなと言《い》ったんだが、そいつは、うそじゃない。フィレンツェへ行《い》けばわかるって断言《だんげん》するじゃないか」

「フィレンツェって、イタリアのどこにあるんだ？」

天野《あまの》がきいた。

「イタリアの中部《ちゅうぶ》トスカーナ州《しゅう》にある。ここには森《もり》と糸杉《いとすぎ》となだらかな丘《おか》の斜面《しゃめん》のぶどう畑《ばたけ》と、その丘《おか》の上《うえ》には石《いし》の城郭《じょうかく》で囲《かこ》まれた中世《ちゅうせい》そのままの町《まち》がある」

「まるで行《い》って見《み》てきたみたい」

久美子《くみこ》がひやかすと、矢場《やば》はポケットから手帳《てちょう》を出《だ》して、

「ガイドブックによると、フィレンツェはミラノとローマのちょうど真《ま》ん中《なか》あたりで、人口《じんこう》は四十四万《まん》人《にん》だが、きみたちも学校《がっこう》で習《なら》ったルネッサンス発祥《はっしょう》の地《ち》なんだ」

「ミケランジェロが生《う》まれたところだろう？」

英治《えいじ》が言《い》うと、矢場《やば》が、

「ついでにもう一人《ひとり》の名前《なまえ》を言《い》ってくれ」

「ダンテ」

こんどは相原《あいはら》が言《い》った。

「きみたちも、まんざらじゃないな」

「そのくらい知《し》ってなきゃ、高校《こうこう》に入《はい》れないよ」

「そうか、来年《らいねん》は高校受験《こうこうじゅけん》だったな。このフィレンツェは、町全体《まちぜんたい》が美術館《びじゅつかん》と言《い》われるくらい、当時《とうじ》のぼう大《だい》な美術品《びじゅつひん》や建造物《けんぞうぶつ》がいまも残《のこ》っている」

「フィレンツェに、その絵《え》のホンモノがあるってわけ？」

天野《あまの》がきいた。

「わからん。とにかくフィレンツェに行《い》けばわかるというので、行《い》くことにしたんだ。もちろん、こんなことで会社《かいしゃ》は取材費《しゅざいひ》を出《だ》してくれないから、なけなしの金《かね》をはたいたんだ」

「よし、じゃあみんなでカンパしようぜ」

安永《やすなが》が言《い》うと矢場《やば》はあわてて手《て》をふって、

「やめてくれ。イタリア行《い》きは秘密《ひみつ》だって言《い》っただろう」

「そうか」

「美術館《びじゅつかん》の館長《かんちょう》は、矢場《やば》さんのイタリア行《い》きを知《し》ってるの？」

相原《あいはら》がきいた。

「知《し》ってるさ。ニセモノではないかって最初《さいしょ》に話《はな》したのは館長《かんちょう》だからな。館長《かんちょう》は最初《さいしょ》鼻《はな》で笑《わら》っていたが、いよいよ行《い》くと決《き》まってから、たとえニセモノだとわかっても、そっとしておいてくれないかと、両手《りょうて》を合《あ》わされたよ」

「それはずるいよ。ニセモノだとわかっていてホンモノだって言《い》うのはさぎじゃん」

久美子《くみこ》は憤然《ふんぜん》として言《い》った。

「もちろん、おれは断《ことわ》った。そうしたら……」

「どうしたの？」

久美子《くみこ》は矢場《やば》の顔《かお》をのぞきこんだ。

「つい二、三日前《にちまえ》おれに電話《でんわ》があった。イタリアに行《い》くと命《いのち》が危《あぶ》ないぞって」

「それ脅迫《きょうはく》じゃんか」

安永《やすなが》の表情《ひょうじょう》がこわばった。

「そういうこともあったから、きみたちに話《はな》す気《き》になったんだ」

急《きゅう》にみんなだまりこんでしまった。

「電話《でんわ》かけてきたやつマフィア？」

天野《あまの》がきいた。

「わからん」

「館長《かんちょう》ってことも考《かんが》えられるぜ」

安永《やすなが》が言《い》うと矢場《やば》は、

「それはないだろう。あの館長《かんちょう》はもともと美術評論家《びじゅつひょうろんか》だったんだ。ニセモノとわかれば権威《けんい》は失墜《しっつい》して、美術館長《びじゅつかんちょう》をやめなくてはならんだろうが、おれを脅迫《きょうはく》するほどの度胸《どきょう》はないよ」

「じゃあ、やっぱりマフィアだ」

「向《む》こうには、ニセモノを組織的《そしきてき》に作《つく》っている連中《れんちゅう》がいるというからな。行《い》けばおもしろいことがありそうな気《き》がするんだ」

「へえ、そんなにニセモノってあるの？」

久美子《くみこ》がきいた。

「ニセモノといったって、何百年《なんびゃくねん》も前《まえ》に作《つく》られたものなんて、ちっとやそっとじゃ見分《みわ》けはつかないらしい」

「いまはどうやって作《つく》るの？」

「むかしの絵《え》を仕入《しい》れてきて、それを名画《めいが》に修整《しゅうせい》しちゃうんだ。これならカンバスはむかしのものだからな」

「へえ、そんなに器用《きよう》なことやるの？」

「イタリアというところは、古《ふる》い美術品《びじゅつひん》の修復《しゅうふく》を専門《せんもん》にやっている連中《れんちゅう》もいるくらいだから、技術《ぎじゅつ》はたしかなんだ」

「じゃあ、フィレンツェへ行《い》って、これがホンモノだって言《い》われても、ほんとうかどうかわからないじゃん」

「そういうことだ。しかし、同《おな》じ絵《え》が二枚《まい》あるということになれば、どちらかがニセモノということになる」

「だけど、それがフィレンツェのどこにあるかわかってるの？」

「わからん。それで弱《よわ》っている」

「矢場《やば》さんイタリア語《ご》できるの？」

「イタリア語《ご》で知《し》ってるのは、グラッツェとボンジョルノくらいだ」

「それ、なんていう意味《いみ》？」

「ありがとうと、おはようだ」

「こんにちはは？」

「それもボンジョルノだ」

「じゃあ、チャオは？」

「それもこんにちはだ」

「別《わか》れるときにもチャオって言《い》うよ」

久美子《くみこ》は疑《うたが》わしげに矢場《やば》を見《み》つめたが、矢場《やば》は聞《き》こえないような顔《かお》をして、

「向《む》こうには、おれの大学《だいがく》の友人《ゆうじん》がいるから、言葉《ことば》のほうはだいじょうぶだ」

「それを早《はや》く言《い》ってくれなくちゃ。わたし、イタリア語《ご》まだ知《し》ってるよ」

「言《い》ってみろよ」

「ピザ」

「それならおれだって知《し》ってら。スパゲッティ、マカロニ」

天野《あまの》が自慢《じまん》そうに言《い》う。

「そういうめん類《るい》のことを総称《そうしょう》してパスタと言《い》うんだ」

「パスタなら聞《き》いたことある」

「腹《はら》が空《す》いたときは、オ・ファーメと言《い》えばいい。これだけおぼえたんだ」

「日比野《ひびの》は、いつもオ・ファーメだな」

天野《あまの》は、だれにも受《う》けないので、自分一人《じぶんひとり》で笑《わら》いだした。

「だけど、どうしてわざわざニセモノだって矢場《やば》さんに電話《でんわ》してきたのかな?」

相原《あいはら》はしきりに首《くび》をふっている。

「考《かんが》えられることは、贋作屋《がんさくや》を牛耳《ぎゅうじ》っているマフィアどうしの争《あらそ》いということだ」

「だからマフィアなのか」

「もちろん、これはおれの想像《そうぞう》だ。現地《げんち》に行《い》ったら何《なに》が起《お》きるかわからん」

「矢場《やば》さんって、意外《いがい》と度胸《どきょう》があるんだね。もっと臆病《おくびょう》かと思《おも》ってたよ」

久美子《くみこ》が感心《かんしん》した。

「怖《こわ》いもの見《み》たさってやつさ」

「矢場《やば》さん、おれたちに頼《たの》みはないのかい？」

安永《やすなが》がきいた。

「一つだけある。聞《き》いてくれるか？」

「うん」

「いまねこを飼《か》っているんだ。おれが向《む》こうへ行《い》っている間《あいだ》、だれか面倒見《めんどうみ》てくれないか？」

「矢場《やば》さんがねこ飼《か》ってるなんて初耳《はつみみ》だぜ」

「一週間前《しゅうかんまえ》に、子《こ》ねこが迷《まよ》いこんできたんだ。腹《はら》すかしてたから食《く》いものやったら、そのままいついちまった」

「いいよ、わたしが飼《か》うよ。一人《ひとり》でさびしいからちょうどいいや」

久美子《くみこ》が言《い》った。

「よし、これで心残《こころのこ》りなくイタリアへ行《い》ける」

矢場《やば》は明《あか》るい顔《かお》になった。

「矢場《やば》さんの心配《しんぱい》って、それしかないの？」

英治《えいじ》があきれてきいた。

「ああ、それしかない。気楽《きらく》なもんだろう」

ほんとうにそうだったら気楽《きらく》だけれど、矢場《やば》はわざと言《い》わないような気《き》がしてきた。

5

矢場《やば》が日本《にほん》を発《た》った日《ひ》、英治《えいじ》と安永《やすなが》と久美子《くみこ》と佐山《さやま》の四人《にん》が、青葉《あおば》の案内《あんない》で河辺《かわべ》由美子《ゆみこ》の家《いえ》を訪《おとず》れた。

玄関《げんかん》に出《で》てきた由美子《ゆみこ》は、四人《にん》の顔《かお》を見《み》たとたん、急《きゅう》に怯《おび》えた表情《ひょうじょう》を見《み》せてドアを閉《し》めようとした。

「ちょっと待《ま》って。おれたちは由美子《ゆみこ》を学校《がっこう》に連《つ》れていくために来《き》たんじゃない。話《はなし》をしに来《き》ただけなんだ」

青葉《あおば》は、ドアを手《て》で押《お》さえた。

「いま一人《ひとり》？」

久美子《くみこ》がきくと、由美子《ゆみこ》は「はい」と、うなずいた。

「ちょっと入《はい》ってもいい？」

「どうぞ」

やっぱり、こういうときは女《おんな》じゃないとだめだ。英治《えいじ》ではとてもこうはいかない。

由美子《ゆみこ》は五人《にん》をリビングルームに案内《あんない》してくれた。

「菊地《きくち》さんと安永《やすなが》さんと堀場《ほりば》さんと佐山《さやま》さん。三年《ねん》の先輩《せんぱい》だ」

青葉《あおば》が四人《にん》を紹介《しょうかい》すると、由美子《ゆみこ》は、

「はじめまして。河辺由美子《かわべゆみこ》です」

と、消《き》えそうな声《こえ》で挨拶《あいさつ》した。

「小学校《しょうがっこう》のときに病気《びょうき》したんだって？」

久美子《くみこ》は、聞《き》いたこともない優《やさ》しい声《こえ》で言《い》った。

「はい。二年間病院《ねんかんびょういん》に入《はい》ってました」

「たいへんだったね。さびしかったでしょう？」

由美子《ゆみこ》はうなずいて、

「とても辛《つら》かった」

とつぶやいた。

「そうよね。わたしだったらとてもがまんできなかったかもしれない」

「でも、学校《がっこう》はもっと辛《つら》い」

「みんなからいじめられたんだって？」

「わたしの病気《びょうき》はそうじゃないのに、頭《あたま》がおかしかったといううわさがたったの」

「わたし、そういうこと聞《き》くと、かっときちゃうんだ」

久美子《くみこ》の顔《かお》が赤《あか》くなった。

「中学《ちゅうがく》に入《はい》ったときは、これでもう何《なに》も言《い》われないと思《おも》ったのに、また同《おな》じうわさがたったから、もうだめって思《おも》っちゃった」

「だれかが言《い》いふらしたんだね。そいつはクズだよ」

「それから、蹴《け》られたり、なぐられたりしたの」

「先生《せんせい》には言《い》ったの？」

「言《い》っても先生《せんせい》は何《なに》もしてくれないし、みんなからはチクッたって言《い》われるし、最悪《さいあく》でした」

「いちばんいじめたやつはだれだ？」

安永《やすなが》が青葉《あおば》にきいた。

「片山《かたやま》です。ぼくのクラスの番長《ばんちょう》みたいなやつです」

「そいつがいじめてから、クラスの連中《れんちゅう》がシカトするようになったんだろう？」

「はい」

由美子《ゆみこ》がうなずいた。

「それが学校《がっこう》に行《い》かなくなった理由《りゆう》か？」

「ほかにもいっぱいある。幼稚園《ようちえん》のときからの親友《しんゆう》にも裏切《うらぎ》られたし、だんだん学校《がっこう》に行《い》くのがいやになっちゃった」

「きみは、どこか体《からだ》にわるいところがあるのか？」

英治《えいじ》がきいた。

「ありません」

「ここにいる佐山《さやま》は、補聴器《ほちょうき》をつけてやっと聞《き》こえるくらい耳《みみ》がわるいんだ」

「え？」

由美子《ゆみこ》は、佐山《さやま》の顔《かお》をまじまじと見《み》つめた。

「ほんとうなんだ。きみが横《よこ》を向《む》いてしゃべると、もう何《なに》も聞《き》こえない」

「耳《みみ》が聞《き》こえないってことが、どんなものかわかるか？」

英治《えいじ》が言《い》うと、由美子《ゆみこ》はだまって首《くび》を左右《さゆう》にふった。

「ぼくも小《ちい》さいときから、きみ以上《いじょう》にいじめられたり、からかわれたりしたよ」

佐山《さやま》は穏《おだ》やかな表情《ひょうじょう》で言《い》うので、それがどんなに深刻《しんこく》なものだったか、うかがい知《し》ることができない。

「辛《つら》かった？」

由美子《ゆみこ》の口調《くちょう》に親近感《しんきんかん》が感《かん》じられた。

「とっても」

「学校休《がっこうやす》まなかった？」

「ときどきは休《やす》んだけれど、ずっとは休《やす》まなかった」

「えらいね」

「えらいというより、学校《がっこう》が好《す》きだったのさ」

「勉強《べんきょう》が好《す》きなの？」

「勉強《べんきょう》は大《たい》して好《す》きじゃないけど、みんなといたほうが楽《たの》しいからさ」

「いじめられても？」

「いじめるやつもいたけど、そうでないやつもいる」

「佐山《さやま》くんの言《い》うとおりよ。クラス中《じゅう》のみんなが、あなたのことをきらうはずないもん。好《す》きな人《ひと》だってきっといる」

「ほんと？」

由美子《ゆみこ》は、久美子《くみこ》の顔《かお》を見《み》つめた。

「ほんとうよ。でも口《くち》に出《だ》して言《い》えないだけ。自分《じぶん》はみんなにきらわれているなんて思《おも》っちゃだめ」

「そうしようとするんだけど、みんなの顔見《かおみ》るとついそう思《おも》っちゃうの。すると、もうだめ」

「どうして、そうなのかなあ」

「久美子《くみこ》にはわかんないよ。人《ひと》にいじめられた経験《けいけん》ねえんだろう？」

「そういう安永《やすなが》くんだってそうでしょう？」

「おれは、アルバイトでけっこう大人《おとな》たちに痛《いた》めつけられたから久美子《くみこ》とはちがうぜ」

「わたしだって、いろいろ苦労《くろう》はしてるよ。おやじとけんかしたり。いまは刑務所《けいむしょ》に入《はい》ってるからやらないけど、まえはよくなぐられたりしたもんだよ」

「この中《なか》でいちばん苦労《くろう》してねえのは菊地《きくち》だぜ」

「おれだって、おふくろからは勉強《べんきょう》しろとがみがみ言《い》われるし、N高《エヌこう》に落《お》ちたら大阪《おおさか》へ行《い》かなきゃなんねえ。苦労《くろう》はないことはないぜ」

「そういうのは苦労《くろう》って言《い》わねえの」

「そうかなあ、大阪行《おおさかい》きはおれにとっちゃ深刻《しんこく》な問題《もんだい》だぜ」

「ぼくんちだって、おふくろとおやじが戦争《せんそう》はじめたりしてさ」

「戦争《せんそう》？」

由美子《ゆみこ》は、びっくりしたように青葉《あおば》の顔《かお》を見《み》つめた。

「夫婦《ふうふ》げんかのことさ。そのときは真剣《しんけん》に悩《なや》んじゃって先輩《せんぱい》に相談《そうだん》したんだ」

「どうなった？」

「手錠《てじょう》をはめてのデスマッチさ」

「何《なに》？　それ」

青葉《あおば》は、両親《りょうしん》の夫婦《ふうふ》げんかのいきさつを由美子《ゆみこ》に話《はな》した。すると、いままでしおれていた由美子《ゆみこ》がやっと声《こえ》を立《た》てて笑《わら》いだした。

「そんなにおかしいか？」

「おかしいよ」

笑《わら》っている由美子《ゆみこ》を見《み》ていると、ふつうの生徒《せいと》とどこもちがわないように見《み》える。

「由美子《ゆみこ》がこんなに笑《わら》うのはじめて見《み》た」

青葉《あおば》は、おどろいた顔《かお》で由美子《ゆみこ》を見《み》つめている。

「辛《つら》いときは、自分一人《じぶんひとり》で考《かんが》えているとますます辛《つら》くなる。そういう時《とき》は友《とも》だちに相談《そうだん》すりゃいいんだ」

英治《えいじ》は、妹《いもうと》に言《い》うように言《い》った。

「だって、友《とも》だちなんかいないもん」

由美子《ゆみこ》はそっぽを向《む》いた。

「青葉《あおば》がいるじゃんか」

「青葉《あおば》くん、友《とも》だちになってくれる?」

「なってやるよ」

「うれしい! ほんと?」

由美子《ゆみこ》はソファから飛《と》びあがった。

「ほんとうさ」

「友《とも》を救《すく》うためならば、親《おや》も先生《せんせい》もだまします、だよな」

安永《やすなが》の得意《とくい》なせりふだ。

「辛《つら》いこともありました。うれしいこともありました。あっという間《ま》に三年過《ねんす》ぎて、すてきな仲間《なかま》になりました」

久美子《くみこ》が節《ふし》をつけて言《い》った。

「これはおれたちが中学《ちゅうがく》三年《ねん》のときに作《つく》った歌《うた》だ。青葉《あおば》、おまえもいい仲間《なかま》をつくれ」

安永《やすなが》が青葉《あおば》の背中《せなか》をたたいた。

「はい」

「青葉《あおば》くん、わたしも仲間《なかま》に入《い》れてくれる？」

由美子《ゆみこ》が言《い》った。

「もちろんさ」

「いい仲間《なかま》さえいれば、学校《がっこう》は楽《たの》しいところだよ」

佐山《さやま》の言《い》い方《かた》には優《やさ》しさがあふれている。

「ほんと？」

由美子《ゆみこ》はあまえた声《こえ》を出《だ》した。

「ぼくはこの中学《ちゅうがく》に転校《てんこう》してきたとき、はじめは怖《こわ》くてしかたなかった。だけど、みんなが仲間《なかま》に入《い》れてくれたおかげで、いまは学校《がっこう》が楽《たの》しくてしかたないよ」

「わたしも、ほんとうは学校《がっこう》に行《い》って、みんなと仲間《なかま》になりたいの。でも、どうしてもできない」

「こんどからはだいじょうぶだ。青葉《あおば》がいい仲間《なかま》をつくってくれる。もしそれを邪魔《じゃま》するやつがいたら、おれがだまっちゃいねえ」

安永《やすなが》が言《い》うと、すごく頼《たの》もしい。

「絶望《ぜつぼう》しちゃいけない。道《みち》は必《かなら》ず開《ひら》けてくるからな」

英治《えいじ》は、言《い》ってから生意気《なまいき》だったかなと、ちょっとはずかしくなった。しかし、由美子《ゆみこ》は、「うん」と、元気《げんき》のいい返事《へんじ》をした。

由美子《ゆみこ》の家《いえ》を出《で》たとき、

「先輩《せんぱい》ありがとうございました。あれで彼女《かのじょ》も元気《げんき》になったみたいです」

と、青葉《あおば》が頭《あたま》を下《さ》げた。

「彼女《かのじょ》の心《こころ》の傷《きず》は深《ふか》いから、そう簡単《かんたん》には直《なお》らないと思《おも》うぜ。一時的《いちじてき》に元気《げんき》になっただけさ、みんながいなくなると、また落《お》ちこんでるだろう。優《やさ》しく、辛抱強《しんぼうづよ》くつき合《あ》ってやれよ。短気《たんき》を起《お》こしてはいけないよ」

佐山《さやま》の言葉《ことば》は、じわっと心《こころ》にしみこんでくる。

英治《えいじ》には、佐山《さやま》ほどは由美子《ゆみこ》の心《こころ》の奥《おく》まで見《み》えない。

しかし、ここに学校《がっこう》に行《い》きたくても行《い》けない子《こ》がいるのだ。

なんとかしなくてはならない。

二章《しょう》　イタリアから来《き》た少年《しょうねん》

1

相原《あいはら》が提出《ていしゅつ》した『赤《あか》ずきんと七人《にん》の小人《こびと》たち』というタイトルを見《み》た南原《なんばら》は、

「なんだこれは、赤《あか》ずきんと白雪姫《しらゆきひめ》をくっつけただけじゃないか」

と言《い》った。南原《なんばら》がそう言《い》うだろうということは、計算《けいさん》ずみのことだ。

「題《だい》だけ見《み》ればそうですが、中味《なかみ》はちがいます」

と、相原《あいはら》は平然《へいぜん》としている。

「どこがちがうんだ？」

「まず赤《あか》ずきんですが、これは森《もり》の中《なか》ではなく東京《とうきょう》の街《まち》が舞台《ぶたい》になります」

「現代《げんだい》に置《お》きかえたというわけか？」

「そうです。現代《げんだい》だから赤《あか》ずきんではなくて赤《あか》い帽子《ぼうし》をかぶっています」

「それじゃ、赤帽子《あかぼうし》じゃないか」

柿沼《かきぬま》が言《い》ったので、みんな、どっと笑《わら》った。

「赤帽子《あかぼうし》じゃかわいいタイトルじゃないから赤《あか》ずきんにしたんです」

相原《あいはら》は、まじめな顔《かお》でつづける。

「彼女《かのじょ》は、お父《とう》さんに言《い》われて、おばあさんの家《いえ》に出《で》かけます」

「なんの用事《ようじ》で出《で》かけるんだ？」

「家《いえ》を直《なお》したいけど、お金《かね》が足《た》りないからおばあさんに借《か》りに行《い》くんです」

「それは、ちょっと現実的《げんじつてき》すぎるんじゃないか。もっと心《こころ》が温《あたた》かくなるような話《はなし》にならんのか」

南原《なんばら》がチェックを入《い》れる。

「それじゃ、寒《さむ》くなるから電気毛布《でんきもうふ》を届《とど》けに行《い》くってのはどうですか？」

「よし、それならいい」

「彼女《かのじょ》は美《うつく》しくて優《やさ》しい子《こ》なので、七人《にん》の友《とも》だちがいます。お父《とう》さんは真《ま》っ直《す》ぐおばあさんの家《いえ》に行《い》くように言《い》ったのですが、彼女《かのじょ》は七人《にん》の家《いえ》を順番《じゅんばん》に訪《たず》ねてからおばあさんの家《いえ》に行《い》ったのです」

「よろしい」

「ところが、ここに悪《わる》い魔法《まほう》つかいがいて、七人《にん》の友《とも》だちをみんな小人《こびと》に変《か》えてしまうのです」

「かわいそう」

純子《じゅんこ》が言《い》った。

「そして、やっとおばあさんの家《いえ》に着《つ》くと、おばあさんはいつの間《ま》にか魔法《まほう》つかいが化《ば》けていて、彼女《かのじょ》は食《た》べられてしまうのです」

「どうやって食《く》うんだよ？」

日比野《ひびの》が言《い》った。

「じゃがいもといっしょに大《おお》なべに入《い》れて、ぐつぐつ煮《に》こんじゃうんだ」

「やめて！」

純子《じゅんこ》が悲鳴《ひめい》をあげた。

「そこはまさかやらないだろう？」

南原《なんばら》が言《い》った。

「やりません。魔法《まほう》つかいは、お腹《なか》をさすって、ベッドに入《はい》ると眠《ねむ》ってしまいます」

「それならよし」

「一方《いっぽう》、いつまでたっても赤《あか》ずきんが帰《かえ》ってこないので、お父《とう》さんはおばあさんの家《いえ》に電話《でんわ》して、

赤《あか》ずきんは行《い》かなかったかとたずねます。すると魔法《まほう》つかいは、赤《あか》ずきんならお腹《なか》の中《なか》にいるよと言《い》います」

「赤《あか》ずきん、ぐつぐつ煮《に》てから食《た》べられたんじゃ、生《い》きて帰《かえ》れないよ」

ひとみが言《い》った。

「だいじょうぶ。赤《あか》ずきんを料理《りょうり》しようとした魔法《まほう》つかいが、こんなにやせてちっぽけじゃ、おいしくないだろうねと言《い》うので、赤《あか》ずきんは、それならわたしを食《た》べる前《まえ》に、もっと太《ふと》っておいしいブタがいると言《い》って、日比野《ひびの》のことを教《おし》えるのです」

「それはひでえよ。おれは食《く》うのは好《す》きだけど、食《く》われるのはきらいだ」

「うちのクラスでいちばんうまそうなのは日比野《ひびの》だ。霜降《しもふ》りできっとうまいぜ」

天野《あまの》は舌《した》なめずりした。

「日比野《ひびの》を食《た》べた魔法《まほう》つかいは、食《た》べすぎのために動《うご》けなくなり、お父《とう》さんはそのすきに赤《あか》ずきんを救《すく》いだします」

「おれはどうなるんだよ」

日比野《ひびの》が言《い》った。

「おまえは腹《はら》の中《なか》さ。消化《しょうか》されて魔法《まほう》つかいの肉《にく》になるんだ」

こんどは柿沼《かきぬま》が言《い》った。

「魔法《まほう》つかいのところから逃《に》げるとき、赤《あか》ずきんは魔法《まほう》の杖《つえ》を持《も》ってきます。その杖《つえ》で小人《こびと》たちの頭《あたま》をこつこつとたたくと、小人《こびと》たちは元《もと》の姿《すがた》にもどります。そして、七人《にん》の友《とも》だちと魔法《まほう》つかいをやっつけておしまい」

「その七人《にん》は、親《おや》や先生《せんせい》の言《い》うことを聞《き》かない子《こ》どもということにしてはどうだ？　それが小人《こびと》にされて、元《もと》にもどったとき、いい子《こ》になるというのは？」

南原《なんばら》が言《い》った。

「クサーイ」

立石《たていし》が言《い》った。

「童話《どうわ》というものは、最後《さいご》に教訓《きょうくん》があるものだ。この話《はなし》も親《おや》や先生《せんせい》の言《い》うことを聞《き》かないと、こんなひどいことになりますよということにしたらいい」

「そうします。みんな、いいだろう？」

相原《あいはら》は、みんなのほうを向《む》いて片目《かため》をつぶってみせた。

「賛成《さんせい》」

いっせいに拍手《はくしゅ》が起《お》こった。

「きみらも三年《ねん》になって話《はなし》がわかるようになったな。来年《らいねん》からは高校生《こうこうせい》なんだから、いつまでも子《こ》どもでいちゃいかん」

南原《なんばら》は上機嫌《じょうきげん》になった。

授業《じゅぎょう》が終《お》わって南原《なんばら》が行《い》ってしまうと、みんなが相原《あいはら》を取《と》りかこんだ。

「まさか、あのままやるんじゃないだろう?」

谷本《たにもと》がきいた。

「もちろんさ。さっきは日比野《ひびの》を食《く》うと言《い》ったが、本番《ほんばん》では南原《なんばら》を食《く》うんだ」

「やったあ、そうこなくっちゃ」

日比野《ひびの》は飛《と》びあがった。

「南原《なんばら》ってのは、煮《に》ても焼《や》いても食《く》えねえやつだから、魔法《まほう》つかいは腹痛《ふくつう》を起《お》こして、魔法《まほう》をつかえなくなっちゃうんだ」

「いいぞ、そこで魔法《まほう》つかいをのたうちまわらせる。魔法《まほう》つかいはだれがやる?」

柿沼《かきぬま》がのってきた。

「おまえだよ」

相原《あいはら》が言《い》うと、拍手《はくしゅ》がいっせいに起《お》こった。

「おれが?」

「おまえしかいないって。この役《やく》は赤《あか》ずきんと並《なら》ぶ主役《しゅやく》だぜ」

相原《あいはら》は、適当《てきとう》におだてることを忘《わす》れない。

「主役《しゅやく》と聞《き》いちゃ、やらねえわけにはいかねえな。じゃあ、やらしてもらいましょう」

柿沼《かきぬま》は、簡単《かんたん》に魔法《まほう》つかい役《やく》を承認《しょうにん》した。

「では、赤《あか》ずきん役《やく》を投票《とうひょう》で決《き》める」

相原《あいはら》が言《い》ったとたん、「ひとみ」という声《こえ》が教室《きょうしつ》にあふれた。

「じゃあ、ひとみでいいという人《ひと》は手《て》を挙《あ》げてくれ」

ひとみ以外《いがい》の全員《ぜんいん》が手《て》を挙《あ》げた。

「それでは、中山《なかやま》ひとみに赤《あか》ずきん役《やく》をやってもらう。つぎにひとみの父親《ちちおや》はだれがいい？」

「安永《やすなが》」

これも簡単《かんたん》に決《き》まってしまった。

「では、これから㊙計画《まるひけいかく》の一部《いちぶ》を発表《はっぴょう》する。魔法《まほう》つかいのおばあさんにつかまった赤《あか》ずきんは、寝《ね》ているすきに魔法《まほう》の杖《つえ》を持《も》って逃《に》げだすんだが、彼女《かのじょ》はその杖《つえ》を持《も》つ超能力《ちょうのうりょく》を身《み》につけられると同時《どうじ》に、おばあさんになってしまうということを忘《わす》れていた」

「ええっ、おばあさんになるの？」

ひとみが大《おお》きい声《こえ》を出《だ》した。

「ひとみをおばあさんにするなんてかわいそうだよ」

佐織《さおり》をはじめ、女子《じょし》からいっせいにクレームがついた。

「そう思《おも》ったから、おばあさん役《やく》は別《べつ》の人《ひと》にやってもらう」

相原《あいはら》が女子《じょし》のほうに視線《しせん》を向《む》けると、いっせいに顔《かお》を伏《ふ》せた。

「きみたちには頼《たの》まない。これはホンモノのおばあさんに頼《たの》むつもりだ」

「そんなおばあさんいるの？」

ひとみがきいた。

「いるさ、青葉《あおば》のおばあさんだ」

「ああ、あのプロレスばあちゃん？」

「そうだ」

「あのおばあちゃんならぴったりよ」

「ひとみが、いきなりあのおばあさんになったら、みんなびっくりするぜ」

日比野《ひびの》が言《い》った。

「それをねらってんだ」

「こいつは、うけるぜ。おれが保証《ほしょう》する」

天野《あまの》が胸《むね》をたたいた。

2

河辺由美子《かわべゆみこ》は、あのときあんなに元気《げんき》だったのに、学校《がっこう》には出《で》てこないと青葉《あおば》が言《い》った。

「やっぱりな」

英治《えいじ》は、なんとなくそんな気《き》がしていたのでおどろかなかった。

「ぼくは絶対来《ぜったいく》ると信《しん》じていたので、がっかりしました」

青葉《あおば》はほんとうに落《お》ちこんだ顔《かお》をしていた。

「あせるなって佐山《さやま》も言《い》ったろう」

「そうは思《おも》うんだけど、一日《いちにち》も早《はや》くみんなの仲間《なかま》に入《い》れてやりたいんです」

佐山《さやま》は、障害者《しょうがいしゃ》だからといって特別《とくべつ》な目《め》で見《み》られるのはいやだと言《い》っていたが、由美子《ゆみこ》も同《おな》じ思《おも》いなのではないだろうか。

きっと青葉《あおば》のそういう親切《しんせつ》を、かえって負担《ふたん》に感《かん》じているにちがいない。

「青葉《あおば》、彼女《かのじょ》に学校《がっこう》に出《で》てこいって言《い》うなよ」

「どうしてですか？」

青葉《あおば》は、納得《なっとく》のいかない目《め》で英治《えいじ》を見《み》つめた。

「彼女《かのじょ》、学校《がっこう》に出《で》てくるにはすごく勇気《ゆうき》がいると思《おも》うんだ。だからその勇気《ゆうき》が湧《わ》いてくるまで、ゆっくりと待《ま》ってやろうぜ」

「じゃあ、放《ほう》っといていいんですか？」

「放《ほう》っておいてはまずい。そうだ、ルミに言《い》って永楽荘《えいらくそう》に遊《あそ》びにいかせよう」

英治《えいじ》は、ふっとひらめいた。

「永楽荘《えいらくそう》って、あの老人《ろうじん》ホームですね？」

「知《し》ってんのか？」

「一度《いちど》先輩《せんぱい》のあとについて行《い》きました。瀬川《せがわ》さんというおじいさんにも会《あ》いました」

「瀬川《せがわ》さんなら、なんとかしてくれるかもしれない。きょう連《つ》れてこいよ」

「うんと言《い》うかな」

「学校《がっこう》じゃないんだから、きっと来《く》るさ」

英治《えいじ》は、なぜかそういう予感《よかん》がした。

学校《がっこう》から帰《かえ》って、久美子《くみこ》と相原《あいはら》をさそって永楽荘《えいらくそう》に出《で》かけた。

瀬川《せがわ》は、夏《なつ》バテのふうもなく元気《げんき》そうな姿《すがた》を見《み》せた。

「おじいちゃん元気《げんき》ですね」

久美子《くみこ》が言《い》うと瀬川《せがわ》は、

「おととし、工場《こうじょう》に住《す》んでたころとくらべると、だいぶ弱《よわ》ってきた」

「おばあちゃんがいなくなっちゃったからでしょう？」

「それもある。もう、いつお迎《むか》えが来《き》てくれてもいい気持《きも》ちだ」

「だめですよ。そんな弱気《よわき》になっちゃ」

瀬川《せがわ》の前《まえ》に出《で》ると、久美子《くみこ》はいつもちょっとあまえた感《かん》じになる。

「きょうは、瀬川《せがわ》さんにおねがいがあってやってきたんです」

相原《あいはら》が顔《かお》を寄《よ》せて言《い》った。

「わしにできることがあるのか？」

「あります。瀬川《せがわ》さんでないとできないことです」

ルミが、「いらっしゃい」と言《い》ってお茶《ちゃ》を持《も》ってきた。

「この子《こ》がいてくれて助《たす》かる」

瀬川《せがわ》は、いとおしそうにルミの髪《かみ》をなでた。

「もう、ここにもなれたか？」

相原《あいはら》がきいた。

「はい」

「ルミにも頼《たの》みたいことがあるんだ」

「わたしに？」

ルミは、顔《かお》を上《あ》げて相原《あいはら》を見《み》た。

「もうすぐ女《おんな》の子《こ》がやってくる。その子《こ》と友《とも》だちになってほしいんだ」

「どんな子《こ》？」

「ことし入《はい》ったんだけれど、不登校《ふとうこう》でずっと学校《がっこう》を休《やす》んでいるんだ」

「この間《あいだ》、わたしも会《あ》って話《はな》したんだけれど、この役《やく》はわたしよりルミちゃんに向《む》いていると思《おも》う」

久美子《くみこ》に言《い》われて、ルミは体《からだ》をかたくした。

「堀場《ほりば》さんがおっしゃるなら、なんでもわたしはやります」

「そう言《い》ってもらえるとうれしいわ」

「なんだ、学校《がっこう》に行《い》かない子《こ》か？」

瀬川《せがわ》がきいた。

「そうなんです」

と、英治《えいじ》が答《こた》えた。つづいて相原《あいはら》が、

「この間《あいだ》、みんなで会《あ》いに行《い》ったときは、明日《あした》にでも学校《がっこう》に行《い》きそうな雰囲気《ふんいき》でしたが、だめでした」

「いまの学校《がっこう》みたいに、勉強《べんきょう》、勉強《べんきょう》。それが終《お》わるとなんだったっけ？」

「部活《ぶかつ》です」

「そうやって学校《がっこう》にしばりつけておいて、家《いえ》に帰《かえ》ったら塾《じゅく》。わしだったら、とっくのむかしに学校《がっこう》なんか行《い》かないよ」

「おじいちゃんもそう思《おも》う？」

久美子《くみこ》が目《め》を輝《かがや》かせた。

「あたりまえさ。むかしわしらのころは、学校《がっこう》は勉強《べんきょう》するところではなく、遊《あそ》ぶところだったんだ」

「いいなあ」

ルミが大《おお》きなため息《いき》をついた。

「みんなもっと遊《あそ》べばいいんだ」

「勉強《べんきょう》しろって、だれも言《い》わなかった？」

ルミがきいた。

「言《い》うもんか。わしは授業《じゅぎょう》を聞《き》く以外《いがい》、勉強《べんきょう》というものを一度《いちど》もしたことはなかった。しかし、生活《せいかつ》に不都合《ふつごう》を感《かん》じたことはない。勉強《べんきょう》は、したいやつだけがすればいいのだ。日本《にほん》の子《こ》ども全部《ぜんぶ》がやることはない」

「そのとおりだと思《おも》うぜ。だから、おれはやらねえんだ」

おくれてやってきた安永《やすなが》が言《い》った。そのうしろに青葉《あおば》と由美子《ゆみこ》がいる。

英治《えいじ》は、由美子《ゆみこ》を瀬川《せがわ》とルミに紹介《しょうかい》した。

「うちのお父《とう》さんは泥棒《どろぼう》で、いま刑務所《けいむしょ》に入《はい》ってる」

ルミが言《い》うと、久美子《くみこ》もつづけて、

「うちのおやじも刑務所《けいむしょ》、政治家《せいじか》にワイロを贈《おく》ったから」

由美子《ゆみこ》は、あぜんとした顔《かお》で二人《ふたり》を見《み》つめている。やがて、

「おまえの父《とう》さん泥棒《どろぼう》って言《い》われたことない？」

と、小《ちい》さな声《こえ》できいた。

「言《い》われるよ。ときどき」

「それで平気《へいき》？」

「平気《へいき》だよ、ほんとうのことだもん。ただ、ものが失《な》くなったとき、わたしが盗《と》ったんじゃないかって言《い》われるのは悔《くや》しいね」

「どうするの？」

「わたしじゃないって言《い》うだけ」

「それで信《しん》じてくれる？」

「信《しん》じる人《ひと》もいるし、信《しん》じない人《ひと》もいる。だけど、それはしようがないよ」

ルミが、ここまで強《つよ》い意志《いし》を持《も》っていることに、英治《えいじ》は強《つよ》い感動《かんどう》をおぼえた。

「しようがない……？」

「由美《ゆみ》ちゃんって言《い》ったね。人間《にんげん》は残酷《ざんこく》なものだ。ことに子《こ》どもはそうだ。弱《よわ》い者《もの》を見《み》るとどうしてもいじめたくなる」

「どうして？」

由美子《ゆみこ》は瀬川《せがわ》の顔《かお》を見《み》た。

「人間《にんげん》もまた動物《どうぶつ》だからなのかね。それをさせないために人間《にんげん》の知恵《ちえ》があるんだが、いまは競争《きょうそう》することだけを考《かんが》えて、弱《よわ》い者《もの》を踏《ふ》みつけにする。これでは動物《どうぶつ》と同《おな》じだ。とても幸《しあわ》せな社会《しゃかい》とは言《い》えない」

そのとおりだと英治《えいじ》も思《おも》った。

「わたし、学校《がっこう》に行《い》きたいの。でも、どうしても家《いえ》を出《で》られないの」

「学校《がっこう》なんか無理《むり》に行《い》かなくてもいい」

「でも、お母《かあ》さんに学校《がっこう》に行《い》かない人《ひと》はだめな人《ひと》って言《い》われるの」

「わしは小学校《しょうがっこう》六年《ねん》までしか学校《がっこう》に行《い》かなかったが、別《べつ》に自分《じぶん》のことをだめなやつとは思《おも》っておらんぞ」

「おれは中学《ちゅうがく》を卒業《そつぎょう》したら働《はたら》くんだ」

安永《やすなが》がつづけて言《い》った。

「何《なに》をするの？」

「大工《だいく》さ。おやじがそうだからな。大工《だいく》に英語《えいご》がいるかっておやじが言《い》うから、おれもやらねえ」

「やらねえのは英語《えいご》だけじゃないだろう？」

相原《あいはら》に言《い》われて、安永《やすなが》はにやっと笑《わら》った。

「ほんとうは全部《ぜんぶ》やらねえ。先生《せんせい》は、勉強《べんきょう》しないとあとで後悔《こうかい》するぞって言《い》うけど、そのときはこう言《い》うんだ」

「なんて言《い》うの？」

由美子《ゆみこ》は、安永《やすなが》の言葉《ことば》にひかれるものがあるらしい。

「先生《せんせい》は何《なに》も後悔《こうかい》するものはないですか？」

「そうするとなんて言《い》う？」

「そのとおりだって言《い》うさ。そうしたら、先生《せんせい》はうそつきだ。後悔《こうかい》のない人間《にんげん》なんていないと言《い》ってやるんだ」

「そんなこと言《い》って、先生怒《せんせいおこ》らない？」

「怒《おこ》るさ。だいたい、大人《おとな》ってやつはほんとうのこと言《い》われると怒《おこ》るもんだ」

「たしかに、安永《やすなが》の言《い》うとおりだ。勉強《べんきょう》だけで後悔《こうかい》のない人生《じんせい》はおくれない」

瀬川《せがわ》は由美子《ゆみこ》のほうに向《む》き直《なお》って、

「学校《がっこう》には行《い》かなくていいから、ここに遊《あそ》びにおいで。そして、みんなを慰《なぐさ》めてくれないか。きみみたいな若《わか》い子《こ》が来《く》ると、みんなほっとするんだよ」

「うん」

由美子《ゆみこ》は素直《すなお》にうなずいた。

3

「矢場《やば》くんから電話《でんわ》があったぞ」

瀬川《せがわ》がだしぬけに言《い》った。矢場《やば》がイタリアへ行《い》って一週間《しゅうかん》になる。矢場《やば》のことはいつも気《き》になっていた。

「生《い》きていたんですね？」

英治《えいじ》は思《おも》わずきいてしまった。

「あたりまえさ。そう簡単《かんたん》に死《し》んでたまるかい」

「見《み》つかったのかな、例《れい》の絵《え》」

「まだだが、調査《ちょうさ》は順調《じゅんちょう》に進《すす》んでいると言《い》っている」

「電話《でんわ》はそれだけですか？」

相原《あいはら》がきいた。

「いや、まだある」

瀬川《せがわ》は一呼吸《こきゅう》おいて、

「イタリアから子《こ》どもがやってくるそうだ」

「矢場《やば》さんが連《つ》れて帰《かえ》るんですか？」

「そうじゃなくて、ひとりでやってくる」

「いつですか？」

「あしただそうだ」

「あした？」

「きみらがおどろくのも無理《むり》はない。じつはわしもおどろいておる。矢場《やば》くんは、その子《こ》どもをここでしばらくの間《あいだ》あずかってほしいというのだ」

「どういうことですか？　それ」

英治《えいじ》は頭《あたま》が混乱《こんらん》した。

「その子《こ》どもというのが、どうもこんどの絵《え》に関係《かんけい》しているらしい」

「子《こ》どもが？」

「関係《かんけい》しているのはその子《こ》どもの親《おや》なんだが、放《ほう》っておくと誘拐《ゆうかい》されそうだから、日本《にほん》へ逃《に》がすというのだ」

「やっぱりマフィアですか？」

誘拐《ゆうかい》と聞《き》いて、英治《えいじ》の動悸《どうき》が激《はげ》しくなってきた。

「どうもそうらしい」

「その子《こ》どもって、いくつですか？」

「十歳《さい》の男《おとこ》の子《こ》だそうだ。名前《なまえ》はヴィットリオと言《い》ったかな」

「イタリアからだれが連《つ》れてくるんですか?」

「だれも連《つ》れてこない。成田《なりた》に着《つ》いたらこちらにいる知《し》りあいの日本人《にほんじん》が迎《むか》えにでて、それからここへ連《つ》れてくるという話《はなし》だ」

「瀬川《せがわ》さん、イタリア語《ご》わかりますか?」

「わしが? わかるわけないだろう」

「じゃあ、教《おし》えてあげます。その子《こ》が来《き》たらボンジョルノと言《い》えばいいんです」

「なんだ、それは?」

「こんにちはという意味《いみ》です」

「そんな面倒《めんどう》くさいことを言《い》う必要《ひつよう》はない。その子《こ》は日本語《にほんご》がわかるんだ」

「なんだ、それを早《はや》く言《い》ってくれればいいのに」

英治《えいじ》は肩《かた》ががくんとなった。

「その子《こ》の母親《ははおや》は日本人《にほんじん》らしい」

「あずかることにしたんですか?」

「しかたないだろう。命《いのち》にかかわる問題《もんだい》と言《い》われれば」

「日本語《にほんご》がわかればだいじょうぶです」

「きみらもときどきここに来《き》て相手《あいて》をしてやってくれ」

「ちょうどいいわ。由美《ゆみ》ちゃん、ここに来《き》てイタリアの子《こ》どもと遊《あそ》んであげなよ」

久美子《くみこ》が言《い》った。

「はい。でも何《なに》をやって遊《あそ》べばいいんですか？」

「なんだっていいよ。自分《じぶん》の好《す》きなことをやれば、イタリアの遊《あそ》びなんてわかるわけないもん」

「わかりました、やります」

由美子《ゆみこ》は急《きゅう》に元気《げんき》になった。

「矢場《やば》くんは、フィレンツェで美術館《びじゅつかん》めぐりをしているらしい」

「そんなのんきなことやっていいんですか？」

英治《えいじ》は心配《しんぱい》になった。

「ホンモノをたくさん見《み》ることによって、目《め》が肥《こ》えてニセモノがわかるようになる。彼《かれ》はそんなことを言《い》っておった」

「そう言《い》われれば、そうかもしれないな」

英治《えいじ》は相原《あいはら》と目《め》を見合《みあ》わせた。

「ミケランジェロにすっかりまいってしまったらしい」

「ダビデ像《ぞう》を見《み》たのかな」

相原《あいはら》が言《い》った。

「そうだ。きみは知《し》ってるのか？」

「うちにある本《ほん》で調《しら》べたんです。あの像《ぞう》はサン・マルコ広場《ひろば》のアカデミア美術館《びじゅつかん》にあるんです。一五〇一年《ねん》、ミケランジェロが二十六歳《さい》のとき作《つく》りはじめ、一五〇四年《ねん》に完成《かんせい》したんです」

「さすが相原《あいはら》だけのことはある」

英治《えいじ》は、自分《じぶん》がイタリアのことを勉強《べんきょう》する気《き》にもならなかったことをはずかしく思《おも》った。

「ミケランジェロはそれ以外《いがい》に、メディチ家《け》の礼拝堂《れいはいどう》にも、昼《ひる》と夜《よる》、あけぼのとたそがれというすばらしい彫像《ちょうぞう》を残《のこ》しているんです」

「メディチ家《け》ならおれも知《し》ってる。フィレンツェを支配《しはい》した有名《ゆうめい》な銀行家《ぎんこうか》だろう」

「菊地《きくち》もけっこう知《し》ってるじゃんか」

安永《やすなが》がひやかした。

「そうだ、五時《じ》になったらフィレンツェのホテルに電話《でんわ》をしてくれと言《い》っとった。イタリアでは、午前《ごぜん》十時《じ》だそうだ」

「自分《じぶん》から電話《でんわ》すればいいのに」

久美子《くみこ》が言《い》うと瀬川《せがわ》は、

「電話代《でんわだい》を節約《せつやく》したいんだろう。フィレンツェの町《まち》を二分《にぶん》して流《なが》れるアルノー川《がわ》という川《かわ》がある。その川《かわ》にフィレンツェでいちばん古《ふる》い橋《はし》、イタリア語《ご》で言《い》うとポンテ・ベッキオという名《な》の橋《はし》がかかっている。この橋《はし》は二階建《かいだ》てで、一階《かい》には宝石店《ほうせきてん》がずらりと並《なら》んでいるそうだ。そのポンテ・ベッキオのほとりに矢場《やば》くんの泊《と》まっているホテルがある」

瀬川《せがわ》は手帳《てちょう》を見《み》ながら、ナンバーをプッシュした。

「もしもし、わしだ。いま相原《あいはら》と菊地《きくち》と安永《やすなが》と久美子《くみこ》が来《き》ているから代《か》わる」

瀬川《せがわ》は受話器《じゅわき》を英治《えいじ》にわたした。

「もしもし、四人《にん》で聞《き》くから大《おお》きい声《こえ》で話《はな》してよ」

英治《えいじ》は受話器《じゅわき》を三人《にん》の真《ま》ん中《なか》に置《お》いた。

『よし、これくらいで聞《き》こえるか？』

「オーケー。ミケランジェロ見《み》たの？」

『見《み》た、見《み》た。すばらしいぞ』

矢場《やば》の声《こえ》は、思《おも》ったよりよく聞《き》こえる。

「絵《え》は見《み》つかった？」

相原《あいはら》が言《い》った。

『相原《あいはら》か？　まだだ』

「手《て》がかりは？」

『手《て》がかりはまだだが脅迫《きょうはく》の電話《でんわ》があったから、おれは自信《じしん》を持《も》った』

「怖《こわ》くない？」

『ここまで来《く》れば、そんなこと言《い》ってられないよ』

「矢場《やば》さん、見直《みなお》したよ」

こんどは久美子《くみこ》が話《はな》しかけた。

『その声《こえ》は久美子《くみこ》。おれに皮肉《ひにく》を言《い》ってるんだろう』

「そうじゃない。命《いのち》は一つだからあんまり調子《ちょうし》に乗《の》らないほうがいいよ」

『わかった。子《こ》どものこと瀬川《せがわ》さんから聞《き》いたか？』

「聞《き》いたよ」

『その子《こ》どものおやじに会《あ》ったんだが、子《こ》どもを安全《あんぜん》に保護《ほご》してくれるなら、真相《しんそう》を話《はな》してもいいと言《い》ったんだ』

「ほんと？」

英治《えいじ》は思《おも》わず大《おお》きい声《こえ》が出《で》た。

『だから、極秘《ごくひ》で日本《にほん》へやることにした。この子《こ》の母親《ははおや》は日本人《にほんじん》だから、日本語《にほんご》はペラペラだ。マフィアがあとを追《お》いかけるかもしれんから気《き》をつけてくれ』

「やっぱりマフィアと関係《かんけい》あるの？」

『どうもそうらしい。だから、そこにいることは絶対《ぜったい》に秘密《ひみつ》にしてほしい』

「ヤクザだったらおれたちにまかしてくれ。いつだって負《ま》けたことないんだから」

『安永《やすなが》、いつも元気《げんき》だな。おまえがついててくれるから、安心《あんしん》と言《い》いたいところだが、マフィアは日本《にほん》のヤクザとはちがう。まともにけんかしようなんて思《おも》わず逃《に》げることだ』

「逃《に》げるのは、おれ得意《とくい》じゃねえんだよ」

『安永《やすなが》、これはじょうだんじゃないぞ』

矢場《やば》の声《こえ》がいつになく切迫《せっぱく》している。

「わかった。言《い》うとおりにするよ」

『ちょっと待《ま》て、だれかが部屋《へや》をノックしている。だれも来《く》るはずはないんだがなあ』

「矢場《やば》さん、だいじょうぶ？」

久美子《くみこ》の声《こえ》がひきつった。

『電話《でんわ》を切《き》るぞ』

矢場《やば》はそう言《い》ったまま電話《でんわ》を切《き》ってしまった。

「あれは、ただごとじゃねえぜ」

英治《えいじ》は相原《あいはら》と顔《かお》を見《み》あわせた。相原《あいはら》は何《なに》も言《い》わない。

「少したったら、もう一度《いちど》電話《でんわ》してみたらいいだろう」

瀬川《せがわ》が静《しず》かな調子《ちょうし》で言《い》った。

三分《ぶんま》待って、もう一度《いちど》電話《でんわ》してみた。呼《よ》び出《だ》し音《おん》は鳴《な》るのに出《で》る気配《けはい》はなかった。

「矢場《やば》さん、やられたかもよ」

安永《やすなが》は、瀬川《せがわ》の返事《へんじ》をうながすように顔《かお》を見《み》た。しかし、瀬川《せがわ》はだまって遠《とお》くに目《め》をやっているだけだった。

「矢場《やば》さんって、案外不死身《あんがいふじみ》なところがあるからだいじょうぶだよ」

英治《えいじ》は気休《きやす》めに言《い》ってみたが、みんなに無視《むし》されてしまった。

「あしたか……」

瀬川《せがわ》が口《くち》の中《なか》でつぶやいた。

「わたしにその男《おとこ》の子《こ》を守《まも》らせて」

由美子《ゆみこ》がぽつりと言《い》った。

「え？」

みんなの目《め》が由美子《ゆみこ》に集中《しゅうちゅう》した。

「だって、マフィアがやってくるなんて、おもしろそうだもん」

「きみ……」

英治《えいじ》はそう言《い》ったもののあとがつづかない。だれよりも弱《よわ》いと思《おも》っていた由美子《ゆみこ》が、平気《へいき》な顔《かお》でこんなことを言《い》う。

――これは、いったいどういうことになっちゃってるんだ。

4

由美子《ゆみこ》は、外国《がいこく》の少年《しょうねん》と口《くち》をきくのははじめてである。

その少年《しょうねん》は日本語《にほんご》が話《はな》せるというから、別《べつ》に会話《かいわ》のほうは苦労《くろう》しなくてすみそうだが、いったいどんな話《はなし》をしたら喜《よろこ》ぶのだろう。

先輩《せんぱい》たちにきいても、だれも知《し》らないと言《い》った。

朝《あさ》からそのことで頭《あたま》がいっぱいで、何《なに》をやっても落《お》ちつかなかった。

しかし、こんなに充実《じゅうじつ》した気分《きぶん》になれたのははじめてだ。

せいいっぱいおめかしして、五時《じ》には家《いえ》を出《で》て永楽荘《えいらくそう》へ行《い》った。

ルミが由美子《ゆみこ》を見《み》るなり、「かわいい」と言《い》ってくれたので、胸《むね》がふくらみそうなほどうれしくなった。

六時《じ》には、相原《あいはら》、菊地《きくち》、久美子《くみこ》、安永《やすなが》たちもやってきて、全員玄関《ぜんいんげんかん》で出迎《でむか》えることにした。

十分《ぶん》ほど待《ま》つとタクシーが着《つ》いて、中《なか》から整《ととの》った顔《かお》をした西洋《せいよう》の少年《しょうねん》が出《で》てきた。

「ボンジョルノ」

由美子《ゆみこ》は、おぼえたてのイタリア語《ご》で言《い》うと手《て》を差《さ》しだした。

少年《しょうねん》はその手《て》を優《やさ》しくにぎって、

「こんにちは」

と、きれいな日本語《にほんご》で挨拶《あいさつ》した。

「私《わたし》がこの子《こ》ヴィットリオの叔父《おじ》で大沢司《おおさわつかさ》と申《もう》します。このたびはみなさまにお世話《せわ》になります」
三十五、六歳《さい》に見《み》える男《おとこ》の人《ひと》が、みんなに向《む》かってていねいに頭《あたま》を下《さ》げた。
「どうぞ、中《なか》へいらっしゃい」

瀬川《せがわ》がみんなを自分《じぶん》の部屋《へや》に案内《あんない》した。

「イタリアからひとりで来《く》るなんてえらいね」

瀬川《せがわ》にほめられた少年《しょうねん》は、

「それほどでもありません」

と、少《すこ》しはにかんで言《い》った。髪《かみ》はブロンドで横顔《よこがお》がとてもかわいく、由美子《ゆみこ》はこんな弟《おとうと》がいたらなあと思《おも》わずため息《いき》が出《で》た。

「疲《つか》れただろう？」

「いいえ」

ヴィットリオは、まるで近《ちか》くから遊《あそ》びにきたみたいに元気《げんき》な声《こえ》で答《こた》えた。

「ヴィットリオの母親《ははおや》が私《わたし》の姉《あね》なんですが、姉《あね》はもう十五年《ねん》もイタリアに行《い》っています」

大沢《おおさわ》が言《い》った。

「お仕事《しごと》は何《なに》をなさっているんですか？」

「父親《ちちおや》のマリオは画商《がしょう》をやっています」

「フィレンツェで？」

「いいえ、ローマです」

「あなたも同《おな》じお仕事《しごと》？」

「ええ、私《わたし》もこちらでやっております」

大沢《おおさわ》は、忘《わす》れていたと言《い》って名刺《めいし》を差《さ》しだした。住所《じゅうしょ》は青山《あおやま》で『ギャラリー・コジモ』と印刷《いんさつ》してあった。

「青山《あおやま》のどの辺《あた》りですか？」

瀬川《せがわ》がきくと大沢《おおさわ》は、

「ギャラリーと言《い》っても絵《え》が飾《かざ》ってあるわけではありません。まあ、絵《え》の行商《ぎょうしょう》みたいなもんで……」

と、言葉《ことば》をにごした。

「こんどのことは、事情《じじょう》はよくわからないんですが、矢場《やば》くんが人命《じんめい》にかかわることだからと言《い》うのでお引《ひ》きうけしたんですが、大沢《おおさわ》さんは何《なに》かご存知《ぞんじ》ですか？」

「いいえ、私《わたし》も何《なに》も聞《き》いておりません。ただ姉《あね》から電話《でんわ》があって、ヴィットリオをそちらに行《い》かせるからよろしくと言《い》われただけです」

「どうして、叔父《おじ》のあなたのところへ行《い》かせなかったのですか？」

「それは私《わたし》もきいたんですが、何《なに》かとても危険《きけん》なことがヴィットリオの身《み》に迫《せま》っているので、叔父《おじ》の私《わたし》ではまずいということでした」

「危険《きけん》なことの内容《ないよう》はわかりませんか？」

「わかりません」

大沢《おおさわ》は首《くび》をふった。

「ヴィットリオくんですが、いつまでお預《あず》かりすればいいんですか？」

「聞《き》いておりません」

「では何《なに》かあったときの連絡先《れんらくさき》はここでいいんですね？」

瀬川《せがわ》は名刺《めいし》の電話番号《でんわばんごう》を指《ゆび》さした。

「はい、そこでけっこうです」

「ヴィットリオくんの食《た》べものですが、何《なに》が好《す》きで何《なに》がきらいですか？」

「それが、会《あ》ったのはきょうがはじめてなので、この子《こ》のことはまるきりわからないのです」

大沢《おおさわ》という男《おとこ》は、何《なに》をきいてもほとんどわからない。瀬川《せがわ》は、ほとほとまいったという顔《かお》をしている。

「ぼく、なんでも食《た》べるよ」

困《こま》りはてている瀬川《せがわ》を見《み》て、ヴィットリオが言《い》った。

「そうか、では、うどんはどうだ？」

「日本《にほん》のパスタだろう。ママがつくってくれたから食《た》べるよ」

「では、納豆《なっとう》はどうだ？」

「知《し》らない」

「そうだろうな。納豆《なっとう》は無理《むり》か。ご飯《はん》はどうだ、食《た》べられるか？　それとも、パンでなくてはいやか？」

「どっちでもいい」

ヴィットリオは、日本語《にほんご》を聞《き》くほうもしゃべるほうもうまいものである。

「それでは、私《わたし》はこのへんで失礼《しつれい》させていただきます。ヴィットリオ、おじいさんのおっしゃることをよく聞《き》いて、いい子《こ》にしてるんだよ。では、よろしくおねがいします」

「チャオ」

ヴィットリオは、さびしそうな顔《かお》ひとつ見《み》せず、大沢《おおさわ》に手《て》をふった。

「ヴィットリオは強《つよ》いね。わたしなら遠《とお》いイタリアへひとりでやられたら、きっと着《つ》いたときから泣《な》いてるわ」

由美子《ゆみこ》は、すっかり感心《かんしん》してしまった。

「コメ・スィ・キアーマ」

突然《とつぜん》ヴィットリオが由美子《ゆみこ》に言《い》った。

「それなんていう意味《いみ》？」

「あなたの名前《なまえ》はっていう意味《いみ》」

「わたしの名前《なまえ》は由美子《ゆみこ》。それ、イタリア語《ご》だとなんて言《い》うの？」

「ミ・キアーモ・ユミコ」

「マイ・ネーム・イズ・ユミコならわかるけど、これじゃ全然《ぜんぜん》わかんないよ」

英語《えいご》でもほとんどわからないのに、イタリア語《ご》ではお手《て》あげである。

ヴィットリオが日本語《にほんご》を知《し》っていて助《たす》かったと思《おも》った。

「由美子《ゆみこ》、ここに住《す》んでるの？」

ヴィットリオがきいた。

「ここに住《す》んでいるのはルミさん」

由美子《ゆみこ》はルミを指《ゆび》さした。

「ルミ？　いい名前《なまえ》」

「イタリアの男《おとこ》って、子《こ》どものうちからほめ方《かた》がうまいね」

久美子《くみこ》が妙《みょう》なことで感心《かんしん》するのがおかしい。

「ヴィットリオ、ぼくらはこれから家《いえ》に帰《かえ》る、あしたからは、このお姉《ねえ》さんがやってきてきみと遊《あそ》んでくれる。いいね？」

相原《あいはら》は、由美子《ゆみこ》を指《ゆび》さして言《い》った。

「いいよ」

「じゃあ、チャオ」

「チャオ」

ヴィットリオは、二、三度手《どて》をふって家《いえ》の中《なか》へ消《き》えてしまった。

「やっぱりイタリア人《じん》って、わたしたちとは感覚《かんかく》がちがうね」

久美子《くみこ》は、姿《すがた》が消《き》えるのを待《ま》っていたように言《い》った。

「日本人《にほんじん》みたいに、べたべたしないところがいいよ。これは文化《ぶんか》のちがいだな」

相原《あいはら》は、ときどき大人《おとな》みたいなことを言《い》う。

きっと大人《おとな》の本《ほん》を読《よ》んでいるからにちがいない。

「しかし、あの叔父《おじ》さんってのはインチキくさいぜ。ニセモノ売《う》ってるブローカーじゃねえのか」

安永《やすなが》は少《すこ》し不良《ふりょう》っぽいけれど、すごく頼《たよ》りになりそうだ。

「安永《やすなが》の言《い》うことはあたっているかもしれない。おれも、なんとなく、インチキくさいと思《おも》った」

「ほんとうに、ヴィットリオの叔父《おじ》さんかな？」

菊地《きくち》も、そのことには疑問《ぎもん》を感《かん》じているらしい。けれど、由美子《ゆみこ》にはわからない。

「はじめて会《あ》ったっていうんだから、ほんとうの叔父《おじ》さんだって、他人《たにん》みたいなもんさ」

相原《あいはら》に言《い》われてみると、そのとおりだという気《き》がしてきた。

「それにしても、あの明《あか》るさはすごいね」

久美子《くみこ》はまだ感心《かんしん》している。

「日本語《にほんご》ができるから、おれたちに親近感《しんきんかん》を持《も》ってるのかもよ」

菊地《きくち》が言《い》った。この人《ひと》がいちばんしゃべりやすそうだなと由美子《ゆみこ》は思《おも》った。

「だけど日本人《にほんじん》だったら、はじめての人《ひと》にああはいかないよ」

「そうだな。おれたちは長《なが》いこと島国《しまぐに》に住《す》んでるから、外国人《がいこくじん》を見《み》るとつい抵抗《ていこう》を感《かん》じちゃうんだ。不《ふ》
登校《とうこう》を笑《わら》えねえよ」

「菊地《きくち》、いいことを言《い》う」

相原《あいはら》にほめられて菊地《きくち》はにやっとした。

外国《がいこく》にも不登校《ふとうこう》はあるのかしら。由美子《ゆみこ》は、そんなことをぼんやり考《かんが》えていた。

5

矢場《やば》は、ヴィットリオが来《く》る前日《ぜんじつ》に電話《でんわ》で話《はな》して以来《いらい》、ぱったりと消息《しょうそく》を絶《た》ってしまった。

そうなると、もう連絡《れんらく》のしようもない。

ヴィットリオの父親《ちちおや》に連絡《れんらく》すれば、何《なに》かわかるかと思《おも》ったが、ヴィットリオは、父親《ちちおや》とも母親《ははおや》とも連《れん》絡《らく》のしようがないと言《い》う。

ヴィットリオが来《き》て、いちばん変《か》わったのは由美子《ゆみこ》である。

毎朝《まいあさ》八時《じ》になると必《かなら》ず永楽荘《えいらくそう》に出《で》かけていく。

昼間《ひるま》は老人《ろうじん》しかいないので、由美子《ゆみこ》があらわれると日《ひ》が射《さ》しこんだように明《あか》るくなる。

みんなから、「由美《ゆみ》ちゃん、由美《ゆみ》ちゃん」と言《い》われて、由美子《ゆみこ》は見《み》ちがえるほど明《あか》るくなった。

一方《いっぽう》ヴィットリオのほうは、来《き》た日《ひ》こそ元気《げんき》だったが、一日《にち》たち二日《ふつか》たつうちに、次第《しだい》に沈《しず》みこんで、口《くち》をきかないようになった。

瀬川《せがわ》から相原《あいはら》のところに電話《でんわ》がかかってきたのは、ヴィットリオが永楽荘《えいらくそう》に着《つ》いて五日目《いつかめ》のことである。

朝《あさ》の八時《じ》、いつものように由美子《ゆみこ》がやってくると、どこに行《い》ったかヴィットリオの姿《すがた》が見《み》えない。

「おじいちゃん、ヴィットリオがいない」

と、由美子《ゆみこ》に言《い》われたとき、瀬川《せがわ》はてっきり誘拐《ゆうかい》されたと思《おも》った。

といっても警察《けいさつ》に届《とど》けるわけにはいかない。そこで相原《あいはら》たちが家《いえ》に帰《かえ》る時間《じかん》まで、近所《きんじょ》を捜《さが》したりしながら、心配《しんぱい》して、待《ま》ちつづけていたのだと言《い》った。

相原《あいはら》は、英治《えいじ》と安永《やすなが》、久美子《くみこ》をさそって、さっそく永楽荘《えいらくそう》にかけつけた。

由美子《ゆみこ》が、四人《にん》の姿《すがた》を見《み》たとたん、激《はげ》しく泣《な》きだした。

「きみの責任《せきにん》じゃないから泣《な》くな」

相原《あいはら》に優《やさ》しく肩《かた》をたたかれて、由美子《ゆみこ》はいっそう泣《な》きつづけた。

「わしが目《め》を離《はな》したちょっとのすきだった」

瀬川《せがわ》が、すまなそうに肩《かた》をすくめた。

「七時半《じはん》から八時《じ》までの間《あいだ》だったな」

「怪《あや》しい人影《ひとかげ》を見《み》た人《ひと》はいないんですか？」

英治《えいじ》は、自分《じぶん》で言《い》いながら、テレビで見《み》る刑事《けいじ》みたいだと思《おも》った。

「みんなにきいてみたが、だれも見《み》ておらんと言《い》っておる」

「もしかしたら、叔父《おじ》さんじゃないですか？」

「わしもそう思《おも》って電話《でんわ》したが、留守番電話《るすばんでんわ》で、三日前《みっかまえ》から大阪《おおさか》へ行《い》っているということだった」

「留守番電話《るすばんでんわ》ってのが怪《あや》しいぜ」

安永《やすなが》は、ここへ来る途中《とちゅう》から大沢《おおさわ》が連《つ》れていったと言《い》いはっていた。

「その可能性《かのうせい》はないとは言《い》えないが、どうせ連《つ》れだすなら、なぜ最初《さいしょ》から自分《じぶん》のところへ置《お》いておかないのかという疑問《ぎもん》が残《のこ》る」

瀬川《せがわ》に言《い》われて安永《やすなが》は、腕《うで》を組《く》んで、「うーん」とうなった。

「大沢《おおさわ》でないとするとだれかな？」

英治《えいじ》は久美子《くみこ》と目《め》が合《あ》った。

「マフィアかもよ」

英治《えいじ》が言《い》おうとしたことを久美子《くみこ》が言《い》った。

「その時間《じかん》だったら、わたしが学校《がっこう》へ行《い》く時間《じかん》だったけど、怪《あや》しいやつなんて見《み》かけませんでした」

ルミが言《い》った。

「永楽荘《えいらくそう》に入《はい》ってくればだれかに見《み》つかるから、ヴィットリオが外《そと》に出《で》るのを待《ま》ちぶせされたんだな」

相原《あいはら》が言《い》うと安永《やすなが》が、

「ヴィットリオは毎朝外《まいあさそと》へ出《で》るのか？」

「外《そと》といっても永楽荘《えいらくそう》のまわりをジョギングするだけです。それは朝食前《ちょうしょくまえ》のことで、朝食《ちょうしょく》はみんなと一《いっ》緒《しょ》にとりました」

「それが七時半《じはん》ってわけか？」

「そうです」

「だれかから手紙《てがみ》とか電話《でんわ》がかかってきたことはないですね？」

英治《えいじ》は、むだとは思《おも》ったがきいてみた。

「どちらもない」

「そうなると、自分《じぶん》で出《で》ていったことになるぜ」

相原《あいはら》が言《い》った。

「自分《じぶん》で出《で》ていくといったって、日本《にほん》のお金《かね》はわたしてないんだから、遠《とお》くへは行《い》けまい」

瀬川《せがわ》の言《い》うとおりだ。

「すると、出《で》た途中《とちゅう》でだれかに連《つ》れていかれたのかな？」

「どうも、そのような気《き》がする」

瀬川《せがわ》は、英治《えいじ》の意見《いけん》に同調《どうちょう》した。

「だけど、おかしいな」

相原《あいはら》は、その意見《いけん》には賛成《さんせい》でないらしい。

「何《なに》が？」

「何《なに》がって言《い》われてもわからないんだが、どうも変《へん》な気《き》がするんだ」

相原《あいはら》が何《なに》を変《へん》と言《い》っているのか、英治《えいじ》にもわからない。

「もし夜《よる》になっても帰《かえ》ってこなかったらどうしたらいいんです？」

久美子《くみこ》は瀬川《せがわ》の顔《かお》を見《み》た。

「イタリアからふらりとやってきた少年《しょうねん》が、またふらりと出《で》ていってしまった。これで、警察《けいさつ》が本気《ほんき》で捜《さが》してくれると思《おも》うかね」

「それはそうですけれど。では放《ほう》っておくんですか？」

「放《ほう》っておくわけにもいかん。弱《よわ》ったな」

瀬川《せがわ》が頭《あたま》をかかえたとき、玄関《げんかん》のほうから、「ただいま」という声《こえ》がした。

「あ、ヴィットリオだ」

英治《えいじ》が廊下《ろうか》に顔《かお》を出《だ》すと、ヴィットリオの姿《すがた》が見《み》えた。

「おそくなってごめんなさい」

ヴィットリオは、にこにこしながら瀬川《せがわ》の部屋《へや》に入《はい》ってきた。

「どうしたんだ？　心配《しんぱい》していたぞ」

瀬川《せがわ》の表情《ひょうじょう》からようやく緊張《きんちょう》が取《と》れた。

「どこへ行《い》ってたの？」

久美子《くみこ》が、おこりたいのをがまんして、優《やさ》しく言《い》っているのがわかる。

「ちょっと散歩《さんぽ》に出《で》かけて、みんなが歩《ある》いているほうに行《い》くと駅《えき》に出《で》たんだ」

「電車《でんしゃ》に乗《の》ったの？」

「うん」

「お金《かね》はどうしたの？」

「お金《かね》なしで乗《の》っちゃった」

「どこへ行《い》ったの？」

「わからない。たくさん電車《でんしゃ》に乗《の》って、それから公園《こうえん》へ行《い》った」

「どこだろう？」

「遠《とお》くだって言《い》うんだからわからねえよ」

安永《やすなが》が言《い》った。

「お昼《ひる》ご飯《はん》はどうしたの？」

「公園《こうえん》のベンチに座《すわ》ってたら、女《おんな》の人《ひと》がサンドイッチをくれた」

「そう、よかったわね。それからどうしたの？」

「また電車《でんしゃ》に乗《の》った」

「よく帰《かえ》ってこられたわね」

「どこだかわからなくなっちゃって、とても困《こま》ったよ」

「そりゃそうだろう。帰《かえ》ってこられただけでも大《たい》したものだ」

「おじいちゃん、少《すこ》しは注意《ちゅうい》したらどうですか？」

久美子《くみこ》に言《い》われて瀬川《せがわ》は、

「おまえを捜《さが》しに、イタリアからマフィアがやってきているかもしれん。もう自分勝手《じぶんかって》に出歩《であ》いたりしてはだめだよ」

瀬川《せがわ》は、まるで幼児《ようじ》にさとすように言《い》った。

「うん、もう行《い》かない」

ヴィットリオは素直《すなお》にうなずいた。

「そうか、そうか」

瀬川《せがわ》は、ヴィットリオの頭《あたま》をなでた。

「きょう、外《そと》へ行《い》って何《なに》が楽《たの》しかった？」

英治《えいじ》がきくと、

「なんにも。だって子《こ》どもがいないんだ。みんなどこへ行《い》っちゃったの？」

「日本《にほん》の子《こ》どもはみんな塾《じゅく》へ行《い》ってるんだよ」

「塾《じゅく》？」

ヴィットリオがききかえした。

「塾《じゅく》なんて言《い》ったってわかんねえよ」

安永《やすなが》が耳《みみ》もとで言《い》った。

「勉強《べんきょう》をおしえるところさ」

「勉強《べんきょう》は学校《がっこう》でやるんじゃないの？」

「学校《がっこう》でやるだけでは足《た》りないんだよ」

「どうして？」

「そりゃ、みんなよりいい学校《がっこう》に入《はい》りたいからさ」

「いい学校《がっこう》って何《なに》？」

「卒業《そつぎょう》するといい会社《かいしゃ》に入《はい》れる学校《がっこう》さ」

「でも、みんなが勉強《べんきょう》したらどうなるの？」

ヴィットリオに突《つ》っこまれて、英治《えいじ》は額《ひたい》から汗《あせ》が出《で》てきた。

「そうだよな。みんな塾《じゅく》に行《い》くんだから、結局《けっきょく》は勉強《べんきょう》のできるやつがいい学校《がっこう》に入《はい》るってわけだ」

安永《やすなが》がかわって言《い》った。

「じゃあ、勉強《べんきょう》のできない子《こ》は遊《あそ》んでたほうがいいね」

「そういうこと。だからおれは遊《あそ》んでばかりいて勉強《べんきょう》は全然《ぜんぜん》やらねえ。イタリアの子《こ》どもって頭《あたま》いいなあ」

「いつも遊《あそ》んでばかり。勉強《べんきょう》はぜんぜんやらないよ」

「じゃあ、おれと一緒《いっしょ》だ」

「頭《あたま》いい」

ヴィットリオは手《て》を差《さ》しだした。その手《て》を安永《やすなが》がにぎった。

「ヴィットリオのママ、勉強《べんきょう》しろって言《い》わねえだろう?」

「言《い》わないよ」

「パパは?」

「パパも言《い》わないよ」

「おまえ、パパを尊敬《そんけい》してるか?」

「尊敬《そんけい》ってどういうこと?」

「尊敬《そんけい》ってのは……。まあいいや。好《す》きか?」

「うん」

「よし、おれと同《おな》じだ」

安永《やすなが》はすっかりきげんをよくしている。

いつもは無意識《むいしき》に行動《こうどう》していることが、よその国《くに》の子《こ》どもから指摘《してき》されると、とてもおかしなことに見《み》えてくる。

「おれたち、やっぱりおかしいかな?」

英治《えいじ》は相原《あいはら》にきいた。

「おかしいよ。こんなにみんなが勉強《べんきょう》、勉強《べんきょう》なんて言《い》ってる国《くに》、世界中《せかいじゅう》どこにもないんじゃないか」

「そうだよな。みんながやったら、やらないことと同《おな》じって言《い》われたときには、ぎくりときたぜ」

「まったくそのとおりだよな」

ヴィットリオが大《おお》きなあくびをした。

「あんまり歩《ある》きすぎて、疲《つか》れちゃったのかもしれないよ」

久美子《くみこ》が細《こま》かい気《き》づかいを見《み》せた。いつもは男《おとこ》みたいに荒《あら》っぽい久美子《くみこ》に、こういう面《めん》があることを知《し》ったのは新《あたら》しい発見《はっけん》だった。

三章《しょう》　ウエルカム・マフィア

1

由美子《ゆみこ》は、毎日永楽荘《まいにちえいらくそう》に来《く》るようになってから、見《み》ちがえるように明《あか》るく、元気《げんき》になったとルミが言《い》った。

「それは、由美子《ゆみこ》を待《ま》っている人《ひと》がいるからだろう。人間《にんげん》って、だれからも無視《むし》されると落《お》ちこんじゃうけど、だれかに期待《きたい》されると元気《げんき》が出《で》てくるもんな」

相原《あいはら》が言《い》うとルミは、相原《あいはら》をうっとりとした目《め》で見上《みあ》げて、

「そうよね」

と、大《おお》きくうなずいた。

「イタリアの少年《しょうねん》はおとなしくしてるか？」

英治《えいじ》は、ちょっとしゃくにさわったので、ぶっきらぼうな口調《くちょう》になった。

「おとなしくはないけど、外《そと》には出《で》ません。きっとこりたんでしょう」

「こりるもんか。また出《で》たくなるに決《き》まってるさ」

「それは困《こま》ります」

「おまえ、まるで運動部《うんどうぶ》の監督《かんとく》みたい」

「いやだ。はずかしい」

相原《あいはら》に言《い》われて、ルミは顔《かお》を手《て》でおおった。

「ヴィットリオが、日本《にほん》のどこにいるかわかんねえんだから、ちょっとぐらい外《そと》に出《だ》してやってもいいんじゃないか。同《おな》じところにずっと閉《と》じこめといたら頭《あたま》がおかしくなっちまうぜ」

「菊地《きくち》の言《い》うとおりかもしれねえな」

「たしかにかわいそうだとは思《おも》うんですけど、わたしきのう変《へん》な人《ひと》を見《み》かけたんです」

「どこで?」

「夕方《ゆうがた》、由美《ゆみ》ちゃんと二人《ふたり》で近所《きんじょ》のスーパーに買《か》いものに行《い》ったときです。二人組《ふたりぐみ》の男《おとこ》から永楽荘《えいらくそう》はどこだってきかれました」

「きかれるくらいのことはあるだろう」

英治《えいじ》は、さほど神経質《しんけいしつ》になることはない気《き》がした。

「きかれたことなんてはじめてです。それに、その人《ひと》たち、住所《じゅうしょ》をきいときながら来《こ》ないんです」

「どんな感《かん》じの男《おとこ》たちだった?」

相原《あいはら》がきいた。

「黒《くろ》い服《ふく》を着《き》て、いやな目《め》をしていました。あれは普通《ふつう》のサラリーマンじゃありません」

「いくつくらいだった？」

「三十より前《まえ》だと思《おも》います。体育《たいいく》の小島《こじま》くらい」

「小島《こじま》は二十八だぜ。あんな感《かん》じか？」

「そう、体《からだ》はがっしりしていました」

「小島《こじま》は、それほどいやな目《め》はしてないぜ」

「あれでけっこう、女《おんな》の子《こ》を見《み》るときは、いやらしい目《め》をします」

「そうかなあ」

「なんでもないですか？」

英治《えいじ》も相原《あいはら》も話《はなし》にのってこないので、ルミは少《すこ》しばかり不満《ふまん》そうな顔《かお》をした。

「なんともわからない。注意《ちゅうい》はしておいたほうがいいと思《おも》うけど、あんまりそのことばかり考《かんが》えてると、人《ひと》を見《み》るとみんな怪《あや》しく見《み》えちゃうからな」

「そうなんです。わたし、いまそういう状態《じょうたい》なんです」

「ルミは、なんでも真剣《しんけん》になりすぎなんだよ。それはいいことだけどな」

相原《あいはら》に言《い》われて、ルミはやっと満足《まんぞく》した顔《かお》で帰《かえ》っていった。

「ああは言《い》ったけれど、ちょっと気《き》になるな」

相原《あいはら》は、ルミのうしろ姿《すがた》を目《め》で追《お》いながら言《い》った。

「そうかな。おまえこそ考《かんが》えすぎじゃないのか？」

「おれがおかしいと思《おも》うのは叔父《おじ》さんのことさ。あれから一度《いちど》も永楽荘《えいらくそう》にあらわれてない。いくらはじめて会《あ》ったといっても、姉《ねえ》さんの息子《むすこ》だぜ、心配《しんぱい》になって見《み》にくるのがふつうじゃないか？」

「そう言《い》われればそうだな。あんまり叔父《おじ》さんらしくなかったな」

「おれは叔父《おじ》さんではないと思《おも》う」

「ヴィットリオはなんて言《い》ってる？」

「ヴィットリオも知《し》らないんだよ。迎《むか》えに出《で》るのが叔父《おじ》さんだと言《い》われたから、叔父《おじ》さんだろうくらいにしか考《かんが》えていない」

「ちょっと怪《あや》しい人物《じんぶつ》だな」

「ちょっとばかりじゃない、すごく怪《あや》しい人物《じんぶつ》だと思《おも》う。もしかしたら、ヴィットリオの敵《てき》かもしれない」

「ええっ、それはないだろう」

「だって、ヴィットリオの味方《みかた》とはとても思《おも》えないぜ」

「すると、叔父《おじ》さんがあの二人《ふたり》に、永楽荘《えいらくそう》にいるっておしえたのかな」

「そういうことも考《かんが》えられる。もうそろそろヴィットリオは別《べつ》のところに移《うつ》したほうがいいかもしれないぜ」

「どこへ移《うつ》すんだ？」

「久美子《くみこ》の家《いえ》が広《ひろ》いから、あそこならいいんじゃないかな」

「そうするか？　いつがいい？」

「早《はや》いほうがいい。あしたにでも移《うつ》そう。ただし、このことはだれにも言《い》わないほうがいい」

「ルミにも？」

「うん」

「それはかわいそうだぜ。あんなに真剣《しんけん》にやってるんだから」

英治《えいじ》は、相原《あいはら》の冷《つめ》たさに少《すこ》し腹《はら》が立《た》った。

「真剣《しんけん》だから知《し》らないほうがいいんだよ。もしマフィアがやってきて、ヴィットリオをわたせと言《い》っても、ほんとうに知《し》らなければ、相手《あいて》だって信《しん》じるだろう」

知《し》ってて、知《し》らない演技《えんぎ》はむずかしいかもしれない。

「由美子《ゆみこ》にも言《い》わないのか？」

「言《い》わない」

「がっかりするぜ。元《もと》にもどらなければいいけどな」

英治《えいじ》は、なんとなくいやな予感《よかん》がした。

「瀬川《せがわ》さんには話《はな》すんだろう?」

「話《はな》す。瀬川《せがわ》さんには話《はな》したほうがいいと思《おも》うんだ」

「おれもそう思《おも》う。ルミと由美子《ゆみこ》をだますことになってちょっと辛《つら》いけど、命《いのち》がかかっているんだから しかたないいか」

「そうさ。ここでかわいそうだと思《おも》ったら、後《あと》で取《と》りかえしのつかないことになるかもしれねえもんな」

英治《えいじ》は、相原《あいはら》みたいに理性的《りせいてき》にはとてもなれない。どうしても感情《かんじょう》のほうが先《さき》に立《た》ってしまうのだ。

たとえ、それで不幸《ふこう》になるとしても。

2

「先輩《せんぱい》、たいへんです。ヴィットリオがまたいなくなりました」

英治《えいじ》が校門《こうもん》に入《はい》ると、ルミが待《ま》っていて言《い》った。目《め》がうつろで、唇《くちびる》が乾《かわ》いているところを見《み》ると、よほどショックを受《う》けたにちがいない。

英治《えいじ》はルミを正視《せいし》することが耐《た》えられない。もう少《すこ》しで相原《あいはら》との約束《やくそく》を破《やぶ》ってしまいそうになった。

「いつだ?」

顔《かお》をそむけてきいた。

「けさ、わたしは六時半《じはん》に起《お》きたんですが、そのときにはもういなかったみたいです」

ルミは泣《な》きそうな顔《かお》で、

「注意《ちゅうい》が足《た》りなくてすみません」

とあやまった。英治《えいじ》はがまんの限界《げんかい》に達《たっ》した。

「いいんだ。いいんだ。きみの責任《せきにん》じゃないから、そんなに思《おも》いつめるなよ」

「はい。でも、夜《よる》も一緒《いっしょ》に寝《ね》ていればこんなことにはならなかったと思《おも》います」

ルミはまだヴィットリオがいなくなったことに責任《せきにん》を感《かん》じている。

「あとはおれたちでなんとかするから、きみはもうそのことは忘《わす》れろ」

「相原《あいはら》さんにおこられると思《おも》います。きっとそうです。それが悲《かな》しいんです」

ルミは半《はん》べそをかいている。

「相原《あいはら》にはおれがよく言《い》っておく。おこらないことはおれが保証《ほしょう》するよ」

「ほんとうにおこりませんか？」

「絶対《ぜったい》おこらない。おれの命《いのち》を賭《か》けてもいい」

「じゃあ、おねがいします」

教室《きょうしつ》に入《はい》っても、ルミの姿《すがた》が目《め》に焼《や》きついて離《はな》れない。ぼんやりしていると、

「どうしたんだ？」

と、相原《あいはら》がやってきた。

「ルミがショックを受《う》けている」

「そうか」

「おまえに、おこられないかと心配《しんぱい》してる。それを聞《き》くおれは辛《つら》かったぜ」

「すまないな」

「おまえにあやまられることはないけど、もうこんなことはごめんだぜ」

「まだ一人《ひとり》由美子《ゆみこ》がいる。おれは、こっちのほうが心配《しんぱい》だ」

「きょうも永楽荘《えいらくそう》に行《い》くだろうな」

「あそこにいると、すごく楽《たの》しそうで、不登校《ふとうこう》が病気《びょうき》なんて、とても考《かんが》えられないって瀬川《せがわ》さんが言《い》ってた」

「二人《ふたり》もだましちゃったんじゃ、おれたちは地獄《じごく》行《い》きかもしれねえぜ」

「行《い》くときは二人《ふたり》で行《い》こうや」

相原《あいはら》と二人《ふたり》なら、なんとか地獄《じごく》の責《せ》め苦《く》も切《き》り抜《ぬ》けられるかもしれない。

久美子《くみこ》がやってきた。

「どうだ？」

「いまのところおとなしくしてるよ」

「ひとりでおいてあるのか?」

英治《えいじ》は、急《きゅう》に心配《しんぱい》になってきた。

「ひとりだよ。絶対外《ぜったいそと》に出《で》るな。出《で》たら殺《ころ》されても知《し》らないよって言《い》っといたから、出《で》やしないと思《おも》うよ」

「命《いのち》をねらわれていると言《い》ったって、信用《しんよう》しないだろう?」

「はじめは信用《しんよう》しなかったけれど、イタリアからマフィアが来《く》るって言《い》ったら、急《きゅう》におとなしくなっちゃった」

「マフィアってよっぽど怖《こわ》いんだな」

英治《えいじ》は、背中《せなか》がぞくぞくしてきた。

「だけど、ほんとうに来《く》るの? わたしには信《しん》じられないけど」

「矢場《やば》さんが消《き》えちゃったのがいい証拠《しょうこ》だ。もしかしたら、いまごろ死体《したい》が地中海《ちちゅうかい》に浮《う》いてるかもしれないぜ」

「やめて。不吉《ふきつ》なこと言《い》わないでよ。鳥肌《とりはだ》が立《た》っちゃったじゃない」

久美子《くみこ》は、英治《えいじ》に鳥肌《とりはだ》が立《た》った二《に》の腕《うで》を見《み》せた。

「ルミが真剣《しんけん》に悩《なや》んでる。なんとかしてやってくれよ」

英治《えいじ》は久美子《くみこ》に頼《たの》んだ。

「ルミにはおしえてもいいんじゃない？」

「だめだ。ヴィットリオを連《つ》れにくるやつと会《あ》ったとき、知《し》らないほうがルミのためだ」

「わたしは来《こ》ないと思《おも》うけど」

「この二、三日《にち》が勝負《しょうぶ》だ。きっとくる」

「イタリアからやってくるの？」

「だろう。だけどイタリア人《じん》じゃ言葉《ことば》がわかんないから、日本人《にほんじん》もついてくるかもな」

「ルミ、だいじょうぶだよね？」

「なんにも事情《じじょう》を知《し》らないんだからだいじょうぶさ」

「わたし、ヴィットリオのことで気《き》になってることがあるんだ」

「なんだ？」

「ヴィットリオは、どうして両親《りょうしん》のことを話《はな》したがらないの？」

「事情《じじょう》があるんだろう」

「事情《じじょう》があるのはわかるけど、相手《あいて》は子《こ》どもよ。ルミと由美子《ゆみこ》とも仲良《なかよ》くしゃべるのに、両親《りょうしん》のことだけは、何《なに》をきいても言《い》わないんだって」

「よっぽどしゃべりたくない、深《ふか》い事情《じじょう》があるんだな」

「だから、それは何《なに》かってきいてるの」

久美子《くみこ》は、あきらかにいらついている。

「そんなことときかれてもわかんないよ」

「おれも気《き》になってることがあるんだ」

相原《あいはら》が言《い》った。

「わたしと同《おな》じこと？」

「久美子《くみこ》とはちがう。おれがおかしいと思《おも》うのは、ヴィットリオの日本語《にほんご》がうますぎることさ」

「そりゃ、母親《ははおや》が日本人《にほんじん》だからうまくてあたりまえだろう」

「だけど、話《はな》す相手《あいて》は母親《ははおや》だけだろう。そうなると、あんなにうまくは話《はな》せないと思《おも》うんだけどな。ヴィットリオの話《はな》してるのを聞《き》いてると、イタリアから来《き》たばかりなんてとても思《おも》えない。生《う》まれたときから日本《にほん》にいたって感《かん》じだ」

「たしかに、うまいことはうまいけど、そこまでとは思《おも》えないけどな」

相原《あいはら》の考《かんが》えは、少《すこ》し飛躍《ひやく》しすぎだと英治《えいじ》は思《おも》った。

「それじゃ、わたしがテストしてみる。そうすれば、はっきりするよ」

「うん」

相原《あいはら》は、やっと安心《あんしん》した顔《かお》になった。

その日《ひ》、英治《えいじ》は学校《がっこう》にいる間中《あいだじゅう》、由美子《ゆみこ》のことが気《き》になっていたので、帰《かえ》りに相原《あいはら》と永楽荘《えいらくそう》に寄《よ》ることにした。

永楽荘《えいらくそう》に行《い》ってみると、英治《えいじ》の心配《しんぱい》は的中《てきちゅう》した。ヴィットリオがいなくなったと聞《き》くと、由美子《ゆみこ》はひどいショックを受《う》けて、そのまま家《いえ》に帰《かえ》ってしまったと瀬川《せがわ》が言《い》った。

「だいじょうぶでしょうか？」

相原《あいはら》はほおをこわばらせた。

「あの子《こ》は、ヴィットリオの世話《せわ》をすることで、やっと人間《にんげん》らしさを取《と》りもどしたんだ。その対象《たいしょう》がなくなっちまって、心《こころ》に大《おお》きな穴《あな》があいたのかもしれん」

「ぼくが心配《しんぱい》してるのは、元《もと》の由美子《ゆみこ》にもどっちゃうんじゃないかということです」

英治《えいじ》がいちばん心配《しんぱい》していることはそれなのだ。

「もっとわるくなる可能性《かのうせい》だってある」

「えええっ」

英治《えいじ》は頭《あたま》の中《なか》に渦《うず》が巻《ま》き、顔《かお》ばかりがやけに熱《あつ》くなってきた。

――どうしたらいいんだ？

「二人《ふたり》で様子《ようす》を見《み》にいったほうがいいかもしれんな」

瀬川《せがわ》に言《い》われるまでもなく、英治《えいじ》はそのつもりだった。

3

相原《あいはら》と英治《えいじ》が、そろって由美子《ゆみこ》の家《いえ》を訪《おとず》れたのは、翌日《よくじつ》の学校《がっこう》の帰《かえ》りだった。

「ぼくたち、三年生《ねんせい》の相原《あいはら》と菊地《きくち》と言《い》いますが、由美子《ゆみこ》さんに会《あ》わせていただけませんか？」

相原《あいはら》は、玄関《げんかん》に出《で》てきた由美子《ゆみこ》の母親《ははおや》らしい女性《じょせい》に、ていねいに頭《あたま》を下《さ》げた。

「由美子《ゆみこ》はいません」

まるで取《と》りつく島《しま》もないつっけんどんな態度《たいど》である。

「どうしても会《あ》いたいんですけど……」

「会《あ》いたいって言《い》っても、いないものは会《あ》わすわけにいかないでしょう。それとも、私《わたし》がうそをついているとでも思《おも》ってるの？」

「いいえ、そうは思《おも》っていませんけれど」

相原《あいはら》は、辛《かろ》うじて踏《ふ》みこたえた。

「あなたたちでしょう。うちの由美子《ゆみこ》をそそのかせて老人《ろうじん》ホームに手《て》つだいにやらせてるのは？」

「お手《て》つだいではなくて、学校《がっこう》に行《い》けるようになる訓練《くんれん》です」

英治《えいじ》は助《たす》け船《ぶね》を出《だ》した。と思《おも》ったのは英治《えいじ》の一人《ひとり》よがりだった。いきなり、頭《あたま》の上《うえ》で声《こえ》が破裂《はれつ》した。

「訓練《くんれん》とは何《なに》よ。あなたたちは中学生《ちゅうがくせい》でしょう。中学生《ちゅうがくせい》がどうして不登校《ふとうこう》を直《なお》せるの？　あなたたちっ

て、不登校《ふとうこう》がどういうものか知《し》ってるの?」

「不登校《ふとうこう》は学校《がっこう》に行《い》こうとしても行《い》けなくなることです」

まずいことを言《い》ってしまったと思《おも》ったら、案《あん》の定《じょう》またどなられてしまった。

「あなたたちは、そのくらいの知識《ちしき》しかないくせに、由美子《ゆみこ》に何《なに》かしたのね?」

「何《なに》もしていません。ただ老人《ろうじん》ホームに行《い》ったほうが、学校《がっこう》に行《い》くより気《き》が休《やす》まるからと思《おも》ってしただけです」

「由美子《ゆみこ》はむずかしい病気《びょうき》なのよ。素人《しろうと》の、しかも子《こ》どものあなたたちが、よくもいいかげんなことをしてくれたものだわ」

「お言葉《ことば》を返《かえ》すようですが、由美子《ゆみこ》さんは病気《びょうき》じゃないと思《おも》います」

こんどは相原《あいはら》に替《か》わった。

「病気《びょうき》じゃないなんてだれが言《い》ったの? 言《い》った人《ひと》の名前《なまえ》を言《い》いなさい」

「だれが言《い》ったってわけじゃありませんが、ぼくらが考《かんが》えても病気《びょうき》ではありません」

「そんないいかげんなことを言《い》うために、わざわざ家《いえ》にやってきたの?」

「いいえ、由美子《ゆみこ》さんが老人《ろうじん》ホームから急《きゅう》に帰《かえ》ったと聞《き》いたので、心配《しんぱい》になって様子《ようす》を見《み》にきたんです」

「由美子《ゆみこ》はね、何《なに》があったか知《し》らないけれど、老人《ろうじん》ホームから帰《かえ》ると、泣《な》いたり喚《わめ》いたり暴《あば》れたり。それはもう頭《あたま》がおかしくなったとしか言《い》いようのない行動《こうどう》をしたのよ」

「そんなにひどかったんですか？」

「いったい何《なに》があったの？」

「由美子《ゆみこ》さんがかわいがっていたイタリアの少年《しょうねん》が急《きゅう》にいなくなっちゃったんです。そのことのショックだと思《おも》います」

「相原《あいはら》くんって言《い》ったわね。あなたは子《こ》どものくせに、いちいちえらそうなこと言《い》って生意気《なまいき》よ」

「生意気《なまいき》だったらあやまります」

「あやまってもらう必要《ひつよう》はないけれど、あなたたちのやっていることは、余計《よけい》なお節介《せっかい》というものよ」

「お節介《せっかい》とはちがいます」

英治《えいじ》は、頭《あたま》に来《き》てつい強《つよ》い調子《ちょうし》で言《い》ってしまった。

「中学生《ちゅうがくせい》は勉強《べんきょう》のことだけ考《かんが》えていればいいの。わかりもしないくせに由美子《ゆみこ》の面倒《めんどう》をみようなんて、それは迷惑《めいわく》なの。わかった？」

「勉強《べんきょう》は必要《ひつよう》だとは思《おも》いますが、学校《がっこう》に来《き》たくても来《こ》られない友《とも》だちに手《て》をさしのべることは、友《とも》だちとしての当然《とうぜん》の義務《ぎむ》だと思《おも》います」

「それが思《おも》いあがりなの。あなたたちの力《ちから》では逆立《さかだ》ちしたって、由美子《ゆみこ》の病気《びょうき》は治《なお》せやしないわよ」

「治《なお》せます。きっと元気《げんき》な姿《すがた》にしてみせますから、ぼくたちにまかせてください」

相原《あいはら》は、すがりつくような目《め》で由美子《ゆみこ》の母親《ははおや》を見上《みあ》げた。

「あなたたちがやったことで、由美子《ゆみこ》は前《まえ》よりもわるくなったじゃない。だから、専門《せんもん》の病院《びょういん》に入院《にゅういん》させたのよ」

「ええっ、入院《にゅういん》させたんですか？」

「そうよ。そうしなければ由美子《ゆみこ》はもう立《た》ちなおれないって、先生《せんせい》に言《い》われたから、入院《にゅういん》させたのよ」

「どこの病院《びょういん》に入院《にゅういん》したのか、名前《なまえ》をおしえてください」

「それはだめ。言《い》えばあなたたちが押《お》しかけるから。もっとも、行《い》っても会《あ》わせてはくれないけれど」

「由美子《ゆみこ》さんは入院《にゅういん》しても良《よ》くなりません。おねがいだから出《だ》してください」

「出《だ》してくださいって言《い》ったって、いったん入《はい》ったからには出《だ》すことはできないんです」

「由美子《ゆみこ》さんが、学校《がっこう》に行《い》けないままでもいいんですか？」

英治《えいじ》は、すっかり逆上《ぎゃくじょう》してしまった。

「子《こ》どもが学校《がっこう》に行《い》けないままでもいいと考《かんが》えている親《おや》がどこにいますか？　ちゃんとした人《ひと》になってほしいから病院《びょういん》に入《い》れたんじゃないの」

「由美子《ゆみこ》さんは、病気《びょうき》じゃないです」

英治《えいじ》は、だだをこねるように首《くび》を振《ふ》った。

「困《こま》った人《ひと》たちね。もう帰《かえ》ってちょうだい。そうでないと先生《せんせい》に電話《でんわ》するわよ」

「菊地《きくち》、帰《かえ》ろう」

相原《あいはら》が英治《えいじ》の服《ふく》の袖《そで》をひっぱった。

「だけど……」

「いいから帰《かえ》ろう。勝手《かって》なことを言《い》いに来《き》てごめんなさい。ではこれで帰《かえ》ります」

来《き》たときと同《おな》じように、相原《あいはら》はていねいに挨拶《あいさつ》して由美子《ゆみこ》の家《いえ》を出《で》た。

「えらいことになっちゃったな」

英治《えいじ》は足《あし》もとの石《いし》ころを蹴《け》っとばした。

「カッキーに言《い》えば、どこの病院《びょういん》か調《しら》べることができるだろう」

相原《あいはら》の目《め》は遠《とお》くを見《み》ている。

「病院《びょういん》から由美子《ゆみこ》を奪《うば》っちゃおう」

「ええっ」

相原《あいはら》は、ときどき突拍子《とっぴょうし》もないことを言《い》いだしておどろかすが、またまた派手《はで》なことを言《い》いだしたものだ。

「おまえ、それ本気《ほんき》か？」

英治《えいじ》は、相原《あいはら》の顔《かお》をのぞきこんだ。

「本気《ほんき》さ。じょうだんでこんなことが言《い》えるか？」

「そうか……」

「おまえも手《て》つだってくれるだろう?」

そう言《い》われて、いやと言《い》えるわけがない。

「いいよ」

と、英治《えいじ》は答《こた》えた。

「そう言《い》ってくれると思《おも》った」

相原《あいはら》が手《て》を出《だ》した。その手《て》を英治《えいじ》はしっかりにぎった。

「中学《ちゅうがく》へ入学《にゅうがく》してから、こうやって二人《ふたり》でやったことがいくつあったかなあ」

英治《えいじ》は、沈《しず》みはじめた太陽《たいよう》をまともに見《み》つめた。

「あんまり多《おお》くて忘《わす》れちゃったよ」

「そうだよなあ」

「しかし、こんどのはヤバイぜ。へたすると高校《こうこう》に行《い》けなくなるかもしれねえ」

——それは困《こま》るぜ。

おふくろが泣《な》いて悲《かな》しがるもの。

「いままで、なんとかうまくやってきたんだから、こんどもうまくいくさ」

「もちろん、おれは成功《せいこう》するつもりでやる」

「仲間《なかま》はだれとだれにする?」

「高校入試《こうこうにゅうし》のことがあるから、やたらに口《くち》はかけられないよ。安永《やすなが》と久美子《くみこ》はだいじょうぶだろうけど」

「ほかに日比野《ひびの》と立石《たていし》もだいじょうぶだ。日比野《ひびの》はコックで、立石《たていし》は花火屋《はなびや》になるんだから、進学校《しんがくこう》に行《い》かなくてもだいじょうぶだ」

「谷本《たにもと》のメカと中尾《なかお》の頭《あたま》は借《か》りたいな」

「それくらいは貸《か》してくれるさ」

「瀬川《せがわ》さんと青葉《あおば》んちのおばあちゃんにも頼《たの》もう」

「年寄《としよ》りにやることがあるのか？」

「いまはわかんないけれど、年寄《としよ》りにしかできない仕事《しごと》がきっとある」

相原《あいはら》が言《い》った。

4

ヴィットリオは、久美子《くみこ》とトランプの神経衰弱《しんけいすいじゃく》をやっていた。

「この子強《こつよ》いんだ。とても勝《か》てないよ」

久美子《くみこ》は、二人《ふたり》の姿《すがた》を見《み》てやれやれという顔《かお》をした。

「由美子《ゆみこ》が病院《びょういん》に入《い》れられた」

英治《えいじ》は、つとめて感情《かんじょう》をおさえて言《い》った。

「どうして？」

久美子《くみこ》の表情《ひょうじょう》が変《か》わった。

「いま、二人《ふたり》で由美子《ゆみご》のおふくろに会《あ》ってきたんだ。こてんぱんにやられたよ」

相原《あいはら》は、そのいきさつを久美子《くみこ》に説明《せつめい》した。

「それはないよ」

ヴィットリオが、カードをめくれと催促《さいそく》する。

「いま忙《いそが》しいからあとで。向《む》こうへ行《い》って遊《あそ》んできな」

久美子《くみこ》は、ヴィットリオを荒《あら》っぽく追《お》いはらった。

「ずいぶん乱暴《らんぼう》なんだな」

相原《あいはら》がおどろいた。

「いくら外国《がいこく》の少年《しょうねん》だからといって、ここはわたしの家《いえ》なんだからね。わたしの流儀《りゅうぎ》でやらせてもらうよ」

「久美子《くみこ》らしいよ」

「あいつ、けっこう生意気《なまいき》だからね。これくらいでちょうどいいんだよ」

「そうかもしれない。だけど、あいつどうしてさびしそうな顔《かお》しないんだ？」

英治《えいじ》にはそれが不思議《ふしぎ》だった。

「根性《こんじょう》がすわってるのさ。日本人《にほんじん》とはちがうんだよ」

「テストの結果《けっか》はどうだった?」

「あの子《こ》は日本《にほん》に住《す》んでるんじゃない。イタリアから来《き》たことはまちがいないよ」

「そうか」

相原《あいはら》はうなずいてから、

「由美子《ゆみこ》のことなんだけど、あのまま病院《びょういん》に入《い》れといたら、よくないと思《おも》うんだ」

「わたしもそう思《おも》う。どうしたらいい?」

「親《おや》や先生《せんせい》に言《い》ったってむだだしな」

「あいつら、自分《じぶん》たちのほうが正《ただ》しいと思《おも》いこんでるからね」

「そうなったら、残《のこ》る道《みち》は一つしかない」

久美子《くみこ》は英治《えいじ》の顔《かお》を見《み》た。

「わかった。病院《びょういん》からかっさらおうっていうんでしょう?」

「さすが久美子《くみこ》だ。よくわかってくれる」

「そりゃそうよ。つき合《あ》いが長《なが》いんだから」

「このまま、ずっとつき合《あ》っていたいなあ」

英治《えいじ》の本心《ほんしん》だった。

「別々《べつべつ》の高校《こうこう》に行《い》ったって、つき合《あ》えないことはないと思《おも》うよ」

「そうだよな、そうしようぜ」

英治《えいじ》は久美子《くみこ》と握手《あくしゅ》した。

「どうやって由美子《ゆみこ》を病院《びょういん》から連《つ》れだすか、おれ、ここへ来《く》る途中《とちゅう》考《かんが》えたんだ」

相原《あいはら》が言《い》った。

「いい方法《ほうほう》見《み》つかった？」

「そんなに早《はや》く見《み》つかるわけないけど、一つだけ。といってもそうなるかどうかわかんねえけど」

相原《あいはら》もまだ自信《じしん》のなさそうな口《くち》ぶりだ。

「いいからおしえてよ」

久美子《くみこ》がうながした。

「おれの勘《かん》では、間《ま》もなくマフィアがヴィットリオを奪《うば》いにくると思《おも》うんだ」

「だから、うちに連《つ》れてきたんでしょう」

「そうだよ。奪《うば》いにきたマフィアは、ヴィットリオがいなくなったと聞《き》いて、どうすると思《おも》う？」

「そりゃ、隠《かく》したと思《おも》うよ」

「どこかへ出《で》ていっちゃったなんて言《い》ったって信用《しんよう》しないよな」

「相手《あいて》はマフィアだもの、そんなにあまくはないよ」

「そこでだ」

相原《あいはら》はひと息入《いきい》れた。

相原《あいはら》は、いったい何《なに》を言《い》おうとしているのか、英治《えいじ》にもわからない。

「隠《かく》し場所《ばしょ》を言《い》わなきゃ、マフィアのことだから、耳《みみ》くらい切《き》りおとすかもしれない」

「そんなヤバイことやるの?」

「やるさ。金持《かねも》ちを誘拐《ゆうかい》して、身代金《みのしろきん》を要求《ようきゅう》するときに、耳《みみ》を切《き》って送《おく》りつけるなんてよくある話《はなし》らしいぜ」

「きゃあ」

久美子《くみこ》は派手《はで》に悲鳴《ひめい》をあげた。

「早《はや》く話《はな》せよ」

英治《えいじ》はもうがまんできなくなった。

「マフィアに問《と》いつめられたら、瀬川《せがわ》さんにこう言《い》ってもらうんだ。ヴィットリオは病院《びょういん》に入《い》れたって」

「え?」

相原《あいはら》が何《なに》を言《い》いだしたのかと思《おも》ったが、次《つぎ》の瞬間《しゅんかん》、はっと気《き》づいた。

「そうか、由美子《ゆみこ》が入《い》れられてる病院《びょういん》をおしえるんだな?」

「そうさ。由美子《ゆみこ》をヴィットリオにすり替《か》えるんだよ。そうすりゃ、マフィアが出《だ》してくれるってわけだ」

「相原《あいはら》くん、すごいこと思《おも》いついたね」

久美子《くみこ》が感心《かんしん》した。

「たしかに、すげえアイディアだ。しかし、そこでヴィットリオでなくて由美子《ゆみこ》だとわかったら、マフィアはかんかんにおこるぜ」

「もちろんおこるだろう。そうしたら、院長《いんちょう》が病院《びょういん》のどこかに隠《かく》したって言《い》えばいいのさ」

「なるほど、そうかあ」

「これなら、うまくいきそうに思《おも》えるだろう？」

「いく、いく」

英治《えいじ》は、飛《と》びあがりたくなった。

「ただし、問題《もんだい》はマフィアが来《き》てくれるかどうかだ」

「ウエルカム・マフィア。プリーズ」

英治《えいじ》が手《て》を合《あ》わせると、二人《ふたり》が笑《わら》いだした。ヴィットリオもやってきて、

「何《なに》してるの？」

と、不思議《ふしぎ》そうな顔《かお》をした。

「きみが無事《ぶじ》にイタリアに帰《かえ》れるよう、神《かみ》さまにお祈《いの》りしていたのさ」

「イタリアでは、神《かみ》さまにお祈《いの》りするときそういうふうにはやらない。こうだよ」

ヴィットリオは胸《むね》の前《まえ》で十字《じゅうじ》を切《き》った。

「イタリアと日本《にほん》では神《かみ》さまがちがうのさ」

「神《かみ》さまは一つだよ」

「そうか、それなら一つにしておこう。どうでもいいことだ」

「どうでもいいことじゃない。神《かみ》さまは一つ」

「わかった。きみの言《い》うとおり一つだ」

「うん」

ヴィットリオはやっと機嫌《きげん》を直《なお》した。

「おれたちは、神《かみ》さまなんていいかげんに考《かんが》えてるけれど、彼《かれ》らにとっちゃ絶対《ぜったい》なものなんだ」

相原《あいはら》は、英治《えいじ》をたしなめるように言《い》ってから、

「ヴィットリオ、きみは神《かみ》さまを信《しん》じるか？」

「信《しん》じるよ。あたりまえだろう」

「そうだったな。きみはいつもパパといっしょに暮《く》らしてるのか？」

「パパは仕事《しごと》でいつもいない」

「だから、きみは日本《にほん》で暮《く》らしてるんだな？」

「え？」

ヴィットリオがけげんそうな顔《かお》をした。

「ママと一緒《いっしょ》に暮《く》らしてるんじゃないのか？」

「暮《く》らしてないよ」

「じゃあ、ママとパパはいっしょに暮《く》らしてるのか？」

「ううん」

ヴィットリオは首《くび》をふった。

「そうか、じゃあ二人《ふたり》は仲良《なかよ》しでなかったんだ。そうだろう？」

「まえは仲良《なかよ》しだったけれど、いまはそうじゃない」

「じゃあ、きみはだれと暮《く》らしてるんだ？」

「ひとり」

「子《こ》どもだから、ひとりでは暮《く》らせないだろう？」

「ひとり」

ヴィットリオは言《い》いはる。

「そうか、ひとりか」

「うん」

「パパとママに会《あ》いたくないか?」

「会《あ》いたくない」

ヴィットリオは、はっきりと怒《いか》りの表情《ひょうじょう》を見《み》せた。

「きみは、このお姉《ねえ》さんが好《す》きか?」

「好《す》きだよ。ママみたいだから」

「ええっ! じょうだんじゃない。わたしはまだ十五だよ。やめてよ」

久美子《くみこ》が、大《おお》げさにいやいやをしたので、ヴィットリオが笑《わら》いだした。

考《かんが》えてみると、この少年《しょうねん》はめったに笑《わら》ったことがない。

「ママっていうのは、すばらしい女性《じょせい》ってことだ。久美子《くみこ》、うれしいだろう?」

「菊地《きくち》くん、ワル乗《の》りはやめてよ」

「ルミは好《す》きか?」

相原《あいはら》がつづけてきいた。

「好《す》きだよ。あのお姉《ねえ》さんサッカーうまいよ」

「そうか、きみはサッカーできるのか。そうだよな、イタリアはサッカーがさかんだから。おれたち二人《ふたり》はサッカー部《ぶ》だ」

「ほんと？　じゃあやろうよ」

ヴィットリオがうれしそうな顔《かお》をした。

「よし、やろうぜ。うちの学校《がっこう》でみんなの仲間《なかま》に入《い》れてやる」

「うれしい！」

ヴィットリオは、やっと子《こ》どもらしいしぐさで飛《と》びはねた。

「ねえ、由美子《ゆみこ》どうして来《こ》ないの？」

突然《とつぜん》、ヴィットリオがきいた。

「いま病院《びょういん》にいる」

「病気《びょうき》なの？」

「大《たい》したことはない。すぐに出《で》られるだろう。そうしたら、きみとまた遊《あそ》べるさ」

「由美子《ゆみこ》と会《あ》わせて」

「いまはだめだから、もうちょっと待《ま》ってくれ」

「いつまで待《ま》てばいいの？」

「もう少《すこ》しだ」

「会《あ》いたいよぉ」

ヴィットリオはだだをこねている。

――由美子《ゆみこ》、きみを必要《ひつよう》としている子《こ》がここにいる。早《はや》く来《き》てくれよ。そうか、来《き》たくても来《こ》られないんだった。それじゃ、迎《むか》えにいくからな。

5

いまは、マフィアがやってくるのを待《ま》つという変《へん》なことになってしまったが、待《ま》っているときには、なかなかやってこないものである。

矢場《やば》から、しばらくぶりの連絡《れんらく》が、きのうの夜《よる》、英治《えいじ》のところにあった。

「矢場《やば》さん、ホンモノだよね。ニセモノじゃないよね」

英治《えいじ》は、矢場《やば》の声《こえ》を聞《き》いたときに思《おも》わずききなおした。

『あたりまえだ。おれもニセモノがあらわれるくらいえらくなりたいよ』

矢場《やば》はいつもの元気《げんき》なところを見《み》せた。

「いままでどうして連絡《れんらく》くれなかったの？　こっちは、マフィアにやられて地中海《ちちゅうかい》に捨《す》てられたと思《おも》ってたぜ」

『それが、マフィアらしいやつは全然《ぜんぜん》あらわれないんだ。だからヤバイことはないから安心《あんしん》してくれ』

「油断《ゆだん》は禁物《きんもつ》だよ。そのうちあらわれるかもしれないぜ」

『マフィアにまでシカトされたんじゃがっかりだぜ』

「強《つよ》がり言《い》っちゃって」

『ほんとうにそんな気《き》がしてきたよ。おかしな情報《じょうほう》にふりまわされて、行《い》ってみると全然《ぜんぜん》ちがう話《はなし》なんだ。いいかげんまいったぜ』

矢場《やば》は、急《きゅう》に疲《つか》れた声《こえ》になった。

「それが向《む》こうの作戦《さくせん》じゃない？」

『いいこと言《い》うな。おれが疲《つか》れはてて、もうホンモノの絵《え》はないとあきらめて帰《かえ》るのを待《ま》っているのかもしれんな』

「そうだよ。ここでもう一丁《いっちょう》気合《きあ》いを入《い》れなくちゃ」

『だから、菊地《きくち》に電話《でんわ》したんだ。おまえの声《こえ》を聞《き》くと不思議《ふしぎ》に元気《げんき》が出《で》るんだ。ビタミンみたいなもんだな』

「よく言《い》ってくれるぜ」

英治《えいじ》は急《きゅう》にうれしくなってきた。

『坊《ぼう》やはどうした?』

「ヴィットリオのこと? 元気《げんき》にやってるよ。でも、ちょっと不思議《ふしぎ》な子《こ》だね」

『それはイタリア人《じん》だからだろう?』

「イタリアで覚《おぼ》えたにしちゃ日本語《にほんご》がうますぎるよ。もしかしたら、日本《にほん》にいたんじゃないのかって相《あい》原《はら》が疑《うたが》ったくらい」

『そうか、そんなにうまいか。じつはおれ、その坊《ぼう》やにまだ会《あ》ってないんだ』

「おやじは?」

『おやじに頼《たの》まれたんだよ。息子《むすこ》を頼《たの》むって』

「おやじは画商《がしょう》なんだってね。いまでも会《あ》ってるの?」

『会《あ》ってる。そいつがいろいろ情報《じょうほう》をもってくるんだが、みんなガセネタさ』

「そいつの奥《おく》さん日本人《にほんじん》?」

『そうだと言《い》ってた』

「二人《ふたり》は別居《べっきょ》してるらしいよ」

『もうずっと会《あ》ってないそうだ』

「ヴィットリオは、どっちとも暮《く》らしてないと言《い》ってるよ。いったいどうなってるの?」

『わからん。とにかく息子《むすこ》の命《いのち》が危《あぶ》ないから日本《にほん》へ行《い》かせる。面倒《めんどう》を見《み》てくれと言《い》ったので瀬川《せがわ》さんに頼《たの》んだんだ』

「永楽荘《えいらくそう》においといたんだけど、変《へん》なやつがあらわれたんで、いまは久美子《くみこ》の家《いえ》に移《うつ》しちゃった」

『そうか、それはいいことをやってくれた』

「ヴィットリオを連《つ》れてきたのは叔父《おじ》だと言《い》ってたけど、ほんとうにいるのかな？」

『叔父《おじ》といえば、マリオの兄弟《きょうだい》かな？』

「マリオってのがヴィットリオのおやじの名前《なまえ》だっけ？」

『そうなんだ』

「そいつは母親《ははおや》が姉《あね》だって言《い》ってたよ」

『それはおかしい。そんなやつは知《し》らんぞ』

矢場《やば》の声《こえ》が変《か》わった。

「そいつ、そのあと一度《いちど》もあらわれないんだよ。だから変《へん》だと思《おも》ったのさ」

『もしかしたら、そいつはマフィアの手先《てさき》かもしれんな。久美子《くみこ》の家《いえ》に移《うつ》したこと、そいつは知《し》ってるか？』

「知《し》らないよ」

『よかった』

矢場《やば》は、ほっとした声《こえ》になった。

「矢場《やば》さん、まだフィレンツェにいるの？」

『いや、いまはパリにいる』

「パリ？」

『のみの市通《いちがよ》いだ』

「のみの市《いち》って何《なに》？」

のみの市《いち》はフランス語《ご》でマルシェ・オ・ピュスといって、モンマルトルの北《きた》、ポルト・ド・クリニャンクールにある。

十九世紀《せいき》の終《お》わりごろクリニャンクールの旧門《きゅうもん》の出口《でぐち》のあたりで、古道具商《ふるどうぐしょう》ががらくた類《るい》を並《なら》べて商売《しょうばい》をはじめたのが最初《さいしょ》だが、現在《げんざい》では、土曜《どよう》、日曜《にちよう》、月曜《げつよう》の三日間開《みっかかんひら》かれる。

その店《みせ》の数《かず》は二千軒《けん》ともいわれ、これが十五万坪《まんつぼ》の敷地《しきち》の六か所《しょ》に分《わ》かれて、ぎっしりと並《なら》んでいる。

ここで扱《あつか》っている商品《しょうひん》は、時代物家具《じだいものかぐ》、装身具《そうしんぐ》、装飾品《そうしょくひん》。見世物《みせもの》、芝居《しばい》などにつかった小物類《こものるい》、高価《こうか》な家具《かぐ》、絵画《かいが》、彫刻《ちょうこく》、宝飾品《ほうしょくひん》。現代《げんだい》の家具《かぐ》、絵画《かいが》、彫刻《ちょうこく》、室内装飾品《しつないそうしょくひん》、それにいかがわしい宝石《ほうせき》などのがらくた類《るい》である。

このみの市《いち》では、掘《ほ》りだしものが見《み》つかることがたまにある。

ゴッホ、セザンヌ、グレコなどがここで見《み》つけられたこともある。しかし、そういうことはめったにない。現在掘《げんざいほ》りだしものを探《さが》している連中《れんちゅう》は、ニセモノを売《う》る連中《れんちゅう》といわれている。

彼《かれ》らは、古《ふる》い時代《じだい》の絵《え》らしくなる絵《え》を探《さが》し、それを修整《しゅうせい》して名画《めいが》に作《つく》りかえるのである。

「じゃあ矢場《やば》さんは、そこでホンモノを探《さが》しだすつもりなの？」

英治《えいじ》がきいた。

『とんでもない。あんな名画《めいが》がのみの市《いち》なんかに出《で》まわるわけがない。おれは、ある店《みせ》である人物《じんぶつ》があらわれるのを待《ま》っているのさ』

「ある人物《じんぶつ》ってだれ？」

『そいつが、ホンモノのありかを知《し》っているというのだ』

「その男《おとこ》、いつ来《く》るかわからないの？」

『そうさ。しかものみの市《いち》は一週間《しゅうかん》のうち三日《みっか》しか開《ひら》いていない。まったく気《き》の遠《とお》くなる話《はなし》だ』

「いつまでそれをつづけるつもり？」

『金《かね》のつづく限《かぎ》りさ。しかし残《のこ》り少《すく》なくなってきたので迷《まよ》っているんだ』

矢場《やば》の声《こえ》が急《きゅう》に細《ぼそ》くなった。

「がんばって」

『うん、きっと見《み》つけてみせる。坊《ぼう》やのことは頼《たの》んだぞ。近《ちか》いうちにまた電話《でんわ》する』

「それはまかせてくれよ」

矢場《やば》の電話《でんわ》が切《き》れたあと、相原《あいはら》に電話《でんわ》してその内容《ないよう》をつたえた。

「なんだか気《き》の遠《とお》くなるような話《はなし》だなあ」

「矢場《やば》さん、まいってたよ」

「だれかにふりまわされてるって感《かん》じだな」

「だれかって、だれだ？」

「ホンモノが見《み》つかってはまずい連中《れんちゅう》さ。やつらは、矢場《やば》さんをあっちこっち引《ひ》っぱりまわした挙《あ》げ句《く》、金《かね》がなくなって帰《かえ》ってくるのを待《ま》ってるんじゃないか」

「それじゃ、のみの市《いち》に何日通《なんにちかよ》ってもむだじゃねえか」

「何日通《なんにちかよ》ったって、目指《めざ》す男《おとこ》は絶対《ぜったい》あらわれないという気《き》がするぜ」

「そのこと教《おし》えてやりたいけど、どこにいるかわかんないんだ」

「矢場《やば》さんの話聞《はなしき》いているうちに、マフィアはやってこねえ気《き》がしてきたよ」

「どうしてだ？」

「だってさ、いまのところ矢場《やば》さんはぜんぜんホンモノに近《ちか》づいてないんだろう。ということは、敵《てき》にとってヤバイ存在《そんざい》じゃないってことだ」

「そう言《い》えばそうだよな」

「マフィアが来《き》てくれねえと、困《こま》ったことになっちまうぜ」

「そうか、由美子《ゆみこ》のことがあったな」

「そうだよ。もし来《こ》なかったらどうやって奪《うば》いかえす？」

「おれたちがニセマフィアになるわけにはいかねえしな」

「そんなことやったって、だれも信用《しんよう》しねえよ」

相原《あいはら》は笑《わら》いだした。

「どうする？」

「別《べつ》の計画《けいかく》を考《かんが》えなくちゃならねえな」

「別《べつ》の計画《けいかく》かあ」

「おまえ、ときどきいいこと思《おも》いつくから考《かんが》えろよ」

「うん、考《かんが》えてみる」

そうは言《い》ったものの、さしあたって頭《あたま》の中《なか》は空《から》っぽである。

要《よう》するに、マフィアと同《おな》じくらい強《つよ》いやつを連《つ》れてくればいいのだ。

そんなやつがいるのか？

6

「相原《あいはら》、学園祭《がくえんさい》の準備《じゅんび》は進《すす》んでいるのか？」

教室《きょうしつ》に入《はい》ってきた南原《なんばら》は、教壇《きょうだん》に上《あ》がるなり言《い》った。

「はい進《すす》んでいます」

「おまえは、いつも進《すす》んでいる、進《すす》んでいると言《い》っているが、もう稽古《けいこ》はしているのか？」

「稽古《けいこ》はまだです」

「ほかのクラスはもうはじめているというのに、どうしてそんなにのんびりしているんだ？」

「脚本《きゃくほん》がまだできあがりませんので、稽古《けいこ》ができないんです」

「脚本《きゃくほん》はだれの担当《たんとう》だ」

「ぼくと中尾《なかお》です」

「中尾《なかお》がついているのにまだなのか？」

「ぼくが原案《げんあん》を何度《なんど》も手直《てなお》ししていますので、中尾《なかお》にまだわたせないのです」

「プロの脚本家《きゃくほんか》みたいなことを言《い》うな」

「はい」

「配役《はいやく》のほうは決《き》まっているんだろうな？」

「そちらは決《き》まりました」

「では言《い》ってみろ」

「赤《あか》ずきん、中山《なかやま》ひとみ」

拍手《はくしゅ》がいっせいに起《お》こった。

「赤《あか》ずきんのボーイフレンド。これはやりたい者《もの》が多《おお》いので、くじ引《び》きで決《き》めます」

「赤《あか》ずきんの父親《ちちおや》、宇野秀明《うのひであき》」

「つぎは魔法《まほう》つかいが化《ば》けたおばあさん、これは朝倉佐織《あさくらさおり》」

「ええっ、わたし、おばあさんやるの？」

「佐織《さおり》んちは老稚園《ろうちえん》で毎日《まいにち》おばあさんを見《み》ている、これほどの適役《てきやく》はないと思《おも》う」

相原《あいはら》が言《い》うと、みんなが賛成《さんせい》と言《い》った。

「ついでにここで赤《あか》ずきんのボーイフレンドも決《き》めてしまったらどうだ？」

南原《なんばら》が言《い》った。

「よし、じゃあボーイフレンドになりたい者《もの》は前《まえ》へ出《で》ろ」

英治《えいじ》、柿沼《かきぬま》、天野《あまの》、立石《たていし》、日比野《ひびの》の五人《にん》が前《まえ》へ出《で》た。

「では、ジャンケンで決《き》める」

五人《にん》が何度《なんど》もジャンケンをくり返《かえ》した挙《あ》げ句《く》、日比野《ひびの》と英治《えいじ》が残《のこ》った。

「では、決勝《けっしょう》は三本勝負《さんぼんしょうぶ》だ」

南原《なんばら》もすっかりのってきた。

最初《さいしょ》は日比野《ひびの》が勝《か》ち、つぎは英治《えいじ》が勝《か》った。

「いよいよ最後《さいご》だ。どっちが勝《か》っても負《ま》けても恨《うら》みっこなしだぞ」

南原《なんばら》はますます気合《きあ》いが入《はい》ってきた。

「ジャンケン、ポン」

英治《えいじ》がパーで日比野《ひびの》はグーだった。

「やったあ」

英治《えいじ》はその場《ば》で飛《と》びあがった。その反対《はんたい》に日比野《ひびの》のほうはしゃがみこんでしまった。

「中学《ちゅうがく》三年間《ねんかん》で最後《さいご》のチャンスがやってきたと思《おも》ったのに、やっぱりついてなかったなあ」

日比野《ひびの》が派手《はで》になげいてみせたので、クラス中《じゅう》が大笑《おおわら》いになった。

「菊地《きくち》、ボーイフレンドなんだからな、ハンパなことしたらブーイングが起《お》こるぜ」

天野《あまの》が言《い》った。

「相原《あいはら》、ここのところはみんなにたっぷり大《だい》サービスしろよ」

柿沼《かきぬま》も言《い》いたいことを言《い》う。

「変《へん》なことやらせるなら、わたしやらない」

ひとみがチェックを入《い》れた。

「心配《しんぱい》するな、中学生《ちゅうがくせい》の品位《ひんい》をけがすようなことは、おれがやらせん」

南原《なんばら》がきっぱりと言《い》いきった。

「あーあ、だから学園祭《がくえんさい》ってつまんねえんだよな」

柿沼《かきぬま》が、ため息《いき》とともにぼやいた。

「よし、こんどは七人《にん》の小人《こびと》だ」

「これは男《おとこ》五人《にん》、女二人《おんなふたり》でやります。第《だい》一の小人立石剛《こびとたていしつよし》、第《だい》二の小人天野司郎《こびとあまのしろう》、第《だい》三の小人日比野朗《こびとひびのあきら》、第《だい》四の小人秋元尚也《こびとあきもとなおや》、第《だい》五の小人佐竹哲郎《こびとさたけてつろう》、第《だい》六の小人橋口純子《こびとはしぐちじゅんこ》、第《だい》七の小人富永律子《こびととみながりつこ》、以上《いじょう》」

「まあいいだろう。この小人《こびと》たちと赤《あか》ずきんが力《ちから》を合《あ》わせて魔法《まほう》つかいをやっつけるんだな？」

「そうです。そこのところは上演《じょうえん》の日《ひ》までだれにも見《み》せません。㊙《まるひ》です。そのかわり観客《かんきゃく》を、あっと言《い》わせてみせます」

「おれにも見《み》せないつもりか？」

「はい」

「よろしい。では、きみらを信用《しんよう》して目《め》をつぶろう」

「南原《なんばら》、クビが飛《と》ぶかもしれねえぜ」

柿沼《かきぬま》が、小声《こごえ》で英治《えいじ》の耳《みみ》にささやいた。

「ちょっと意見《いけん》があります」

天野《あまの》が手《て》をあげた。

「こういう芝居《しばい》は、王子《おうじ》とヒロインが結《むす》ばれて、めでたしめでたしってことになるのがふつうじゃないですか？」

「まあ、だいたいそうだな」

南原《なんばら》は適当《てきとう》にあいづちを打《う》っている。

「じつは、ぼくら五人《にん》の小人《こびと》は魔法《まほう》によって小人《こびと》にされたのです。その魔法《まほう》がとければ、もとの王子《おうじ》になるわけです」

「わかったぞ、その五人《にん》の中《なか》の一人《ひとり》と赤《あか》ずきんをめでたしめでたしにしてほしいと言《い》うのだろう?」

「そうです。さすが先生《せんせい》はよくおわかりになる」

天野《あまの》は、南原《なんばら》をたくみにおだてる。

「相原《あいはら》、どうだ。天野《あまの》の意見《いけん》はおもしろいと思《おも》うが……」

「そうですね、考《かんが》えておきます」

相原《あいはら》が気《き》のない返事《へんじ》をしたので、五人《にん》がいっせいにブーイングをした。

「最後《さいご》に舞台《ぶたい》で、だれが赤《あか》ずきんをお嫁《よめ》さんにもらえるか、ジャンケンやったらおもしろいかもよ」

秋元《あきもと》が言《い》うと日比野《ひびの》が、

「ジャンケンはおれきらいだよ。大食《おおぐ》い競争《きょうそう》をやろうぜ」

すると天野《あまの》が、

「それより早口言葉《はやくちことば》がいい」

と、みんな勝手《かって》なことを言《い》いだして収拾《しゅうしゅう》がつかなくなった。

「みんな静粛《せいしゅく》に。きみたちは勉強《べんきょう》のこととなるとしゅんとしてしまうのに、遊《あそ》ぶこととなると、なんだこの騒《さわ》ぎようは。学園祭《がくえんさい》はあくまでも息抜《いきぬ》きだということを忘《わす》れるな。これが終《お》わったら、あとは高校《こうこう》受験《じゅけん》までがむしゃらに突《つ》っ走《ぱし》るんだ、わかったか？」

「はーい」

いつもの気《き》の抜《ぬ》けた返事《へんじ》に、南原《なんばら》はがっかりした顔《かお》をした。

授業《じゅぎょう》が終《お》わって、相原《あいはら》と英治《えいじ》、久美子《くみこ》と安永《やすなが》の四人《にん》で校庭《こうてい》の隅《すみ》に出《で》かけた。

「何《なに》か相談《そうだん》するときはいつもここだったよな」

安永《やすなが》がなつかしそうに言《い》った。

「このポプラとも、あと半年《はんとし》でお別《わか》れだ」

英治《えいじ》もなんとなく感傷的《かんしょうてき》になった。

「そんなことより、マフィアがやってこなかったら、どうするかってことを考《かんが》えなくちゃ」

相原《あいはら》はいつものように冷《さ》めている。

「マフィアがやってくればいい案《あん》があるんだけどな」

英治《えいじ》が言《い》うと、

「話《はな》してみろよ」

と、相原《あいはら》が言《い》った。

「マフィアに院長《いんちょう》の息子《むすこ》を誘拐《ゆうかい》させるんだ。息子《むすこ》を誘拐《ゆうかい》させて由美子《ゆみこ》と交換《こうかん》しろと言《い》えば、きっとうんと言《い》うぜ」

「それはいい案《あん》だけど、その院長《いんちょう》に都合《つごう》のいい子《こ》どもがいるのか？」

「カッキーに調《しら》べてもらったところによると、それは荒井神経科《あらいしんけいか》だろうということだ。荒井神経科《あらいしんけいか》なら小学校六年《しょうがっこうねん》でK学院《ケーがくいん》に通《かよ》っている息子《むすこ》がいる」

「そこに由美子《ゆみこ》がまちがいなくいてくれればいいけど、まちがったらたいへんだぜ。患者《かんじゃ》を調《しら》べる方法《ほうほう》はないかな？」

「あるよ」

久美子《くみこ》の顔《かお》に三人《にん》の視線《しせん》が集中《しゅうちゅう》した。

「ルミに言《い》って、瀬川《せがわ》さんをそこへ連《つ》れていくんだよ。認知症《にんちしょう》がはじまったから調《しら》べてくれって」

「そこへ行《い》ったって、由美子《ゆみこ》とは会《あ》えないだろう」

「会《あ》えなくたって、瀬川《せがわ》さんなら看護師《かんごし》さんにうまいこと言《い》って聞《き》きだすよ」

「そうか、そういう手《て》があったか。じゃあ、さっそく瀬川《せがわ》さんに頼《たの》もうぜ」

ルミが向《む》こうから走《はし》ってきた。

「ちょうどいいところに来《き》た。きみに頼《たの》みたいことがあるんだ」

相原《あいはら》は、ヴィットリオのことと、久美子《くみこ》の話《はなし》をルミにつたえた。

「おじいちゃんを認知症《にんちしょう》にしちゃうんですか？　ちょっといやだけどやってみます」

相原《あいはら》の言《い》うことだと、ルミは絶対《ぜったい》いやとは言《い》わない。

「いままできみに言《い》わなかったのは、もしものときに知《し》らないほうが安全《あんぜん》だと思《おも》ったからだ。しかし、マフィアは来《き》そうにないしな……」

「そのことなんですが、きのうの夜《よる》おじいちゃんのところに変《へん》な電話《でんわ》があったそうです」

「変《へん》な電話《でんわ》？」

相原《あいはら》はルミの顔《かお》を見《み》つめた。

「イタリアの子《こ》どもをどこに隠《かく》したかときかれたので、そんなこと知《し》らんと言《い》うと、だまって電話《でんわ》を切《き》ってしまったそうです」

「マフィアかな？」

英治《えいじ》は半分《はんぶん》は期待《きたい》し、半分《はんぶん》は不安《ふあん》を感《かん》じながら相原《あいはら》を見《み》た。相原《あいはら》は何《なに》も言《い》わずに考《かんが》えこんでしまった。

「ウエルカム・マフィア」

安永《やすなが》の顔《かお》に、ポプラの葉《は》が一枚《まいお》落ちてきた。

四章《しょう》　名画《めいが》の行方《ゆくえ》

1

「とうとうやってきたらしいぞ」

おくれてやってきた相原《あいはら》は、教室《きょうしつ》に入《はい》るなり英治《えいじ》を見《み》つけて言《い》った。

「そうか」

予期《よき》していたこととはいえ、いざ来《き》たと聞《き》くと心中《しんちゅう》は穏《おだ》やかでない。

「ヴィットリオの叔父《おじ》さんの大沢《おおさわ》が連《つ》れてきたんだってさ」

久美子《くみこ》と安永《やすなが》もやってきた。

「やっぱり、あいつは怪《あや》しいと思《おも》ったよ。どんなやつを連《つ》れてきたの?」

久美子《くみこ》がきいた。

「イタリア人《じん》だ。こいつはぜんぜん日本語《にほんご》を話《はな》せないらしい」

「マフィアか?」

安永《やすなが》が声《こえ》をひそめた。

「背《せ》は日本人《にほんじん》とそんなにちがわないそうだが、肩幅《かたはば》が広《ひろ》くて、濃《こ》いサングラスしてたから目《め》つきはわからなかったけれど、映画《えいが》に出《で》てくる殺《ころ》し屋《や》そっくりのやつだってさ」

「やっと来《き》てくれましたか」

英治《えいじ》は軽《かる》く言《い》ったつもりだったが、みんな重苦《おもくる》しい顔《かお》をしているので、なんとなく浮《う》いてしまった。

「大沢《おおさわ》は瀬川《せがわ》さんに、ヴィットリオを引《ひ》きとりに来《き》たと言《い》ったそうだ」

「瀬川《せがわ》さん、なんて答《こた》えた？」

久美子《くみこ》の表情《ひょうじょう》も緊張《きんちょう》している。

「いなくなっちゃったって言《い》うと、そういううそはつかないほうがいいとすごんだそうだ」

「それから？」

「いないものはいないんだから、自由《じゆう》に捜《さが》してくれと言《い》うと、イタリア人《じん》と一言《ひとこと》、二言《ふたこと》話《はな》して、また来《く》ると言《い》って帰《かえ》ったんだって」

「こんど来《く》るのはいつかな？」

英治《えいじ》は、相原《あいはら》の顔色《かおいろ》をうかがった。

「早《はや》くて二、三日《にち》。おそくて一週間《しゅうかん》というところかな」

「荒井《あらい》神経科《しんけいか》のほうはどうなった？」

「きのうルミが瀬川《せがわ》さんを連《つ》れていったらしい」

「まだ結果《けっか》はわかんねえだろうな」

英治《えいじ》は、もっと落《お》ちつけと思《おも》いながら、気《き》ばかりあせって、じっとしていられない。

「きょうの帰《かえ》り、永楽荘《えいらくそう》に寄《よ》ろう。それまでは考《かんが》えたってしかたないぜ」

相原《あいはら》は英治《えいじ》の気持《きも》ちを察《さっ》してか、軽《かる》く肩《かた》をたたいた。

その日《ひ》は、授業《じゅぎょう》の間中《あいだじゅう》マフィアのことがずっと頭《あたま》を離《はな》れなくて、何度《なんど》もどじをやっては、そのたびに、

「菊地《きくち》どうした?」と先生《せんせい》に怒《おこ》られた。

――こっちはマフィアなんだぜ。のんびりと授業《じゅぎょう》なんか受《う》けていられるかよ。

そう言《い》いたいのをなんとかがまんした。

きょう、三日前《みっかまえ》にやったテストの結果《けっか》が発表《はっぴょう》されたが、南原《なんばら》は英治《えいじ》を呼《よ》んで、

「この成績《せいせき》だとN高《エヌこう》は五分五分《ごぶごぶ》というところだな。もうひとがんばりしろ」

と言《い》った。だめだと言《い》われるかとひやひやしたが、これならまあまあというところだ。

しかし、母親《ははおや》の詩乃《しの》は五分五分《ごぶごぶ》と聞《き》いたらがっかりするだろう。

相原《あいはら》は六分四分《ろくぶよんぶ》で、このままがんばれば、なんとかいけそうだと言《い》われたそうだ。

相原《あいはら》が入《はい》って、英治《えいじ》が落《お》ちたんではみっともない。マフィアのかたがついたら、がんばることにしようと心《こころ》に決《き》めた。

相原《あいはら》、久美子《くみこ》、安永《やすなが》と英治《えいじ》の四人《にん》がそろって瀬川《せがわ》の部屋《へや》に入《はい》ると、ルミはもう先《さき》に帰《かえ》っていて四人《にん》を待《ま》っていてくれた。

「大沢《おおさわ》のことは、相原《あいはら》に電話《でんわ》で言《い》ったとおりだ」

瀬川《せがわ》は、四人《にん》が座《すわ》るのを待《ま》って言《い》った。

「大沢《おおさわ》は最初《さいしょ》からおかしいやつだと思《おも》ってました。ヴィットリオにきいたら、叔父《おじ》さんはいることはいると言《い》ってるので、きっとニセモノですよ」

久美子《くみこ》が言《い》うと瀬川《せがわ》は笑《わら》いながら、

「絵《え》だけでなくて、人間《にんげん》までニセモノか。最近《さいきん》は、世《よ》の中《なか》のものすべてがそうだ。どれがホンモノで、どれがニセモノか区別《くべつ》がつかなくなった」

「きのう荒井神経科《あらいしんけいか》に行《い》ったそうですね？」

英治《えいじ》がきいた。

「うん行《い》った。認知症《にんちしょう》のまねをするのは、なかなかおもしろかったぞ」

とたんにルミが笑《わら》いだした。

「おじいちゃんたら、待合室《まちあいしつ》に入《はい》るなりこのホテルはいいホテルだなあだって。それから受《う》け付《つ》けに、わしの部屋《へや》はスイートがいいなんて言《い》うんだから、笑《わら》わないようにするのに苦労《くろう》しました」

「そいつはきつかったな。瀬川《せがわ》さんの演技《えんぎ》はどうだった？」

相原《あいはら》がきいた。

「ほんとうに認知症《にんちしょう》になっちゃったんじゃないかと思《おも》うくらい上手《じょうず》でした」

「わしも、最初《さいしょ》は芝居《しばい》だと思《おも》ってやっていたが、そのうちホンモノになった気《き》がした。ぼけると、まわりの人《ひと》はたいへんだが、わしは気楽《きらく》で、おもしろかった」

「由美子《ゆみこ》はどこにいるかわからなかったでしょう?」

「看護師《かんごし》とは話《はなし》をつけたぞ」

「えっ、もう?」

「かわいくて、気立《きだ》てのよさそうな子《こ》がいたから、永楽荘《えいらくそう》に遊《あそ》びにくるよう言《い》っておいた。あすあたり、きっとくる」

「いつの間《ま》に、そんな話《はなし》つけたの? わたしそばにいたのに全然《ぜんぜん》気《き》がつかなかった」

ルミは、自信《じしん》たっぷりな瀬川《せがわ》をあきれたように見《み》つめている。

「わしはむかし、早射《はやう》ちの卓《たく》と言《い》われてな、いい子《こ》を見《み》つけたら、一度《いちど》で射《う》ちおとしたもんさ。まだその腕前《うでまえ》はおとろえておらなんだ」

瀬川《せがわ》は、にやにやしている。

「やってくれるぜ」

安永《やすなが》は、あきれついでに、テーブルに置《お》いてあるまんじゅうを口《くち》の中《なか》に放《ほう》りこんだ。

「いったい、なんて言《い》えばそんなに簡単《かんたん》に女《おんな》の子《こ》が言《い》うこと聞《き》くんですか？」

英治《えいじ》にはそれが不思議《ふしぎ》である。

「人《ひと》を動《うご》かすのは、言葉《ことば》ではない、心《こころ》だよ」

瀬川《せがわ》にそう言《い》われると、ますますわからなくなる。

「そうすると、あしたには荒井神経科《あらいしんけいか》に由美子《ゆみこ》がいるかどうかわかりますね？」

相原《あいはら》がきいた。

「それはまかせてくれ。きっと聞《き》きだしてみせる」

「つぎは、いつマフィアがやってくるかですね」

「わしは、二、三日《にち》と見《み》ておる」

「こんど来《き》たらなんと言《い》いますか？」

「由美子《ゆみこ》がいるとわかったら、荒井神経科《あらいしんけいか》に入院《にゅういん》しておると言《い》う」

「敵《てき》はマフィアだ。何《なに》をやるかわからねえぜ」

安永《やすなが》が言《い》った。

「しかし、いくらマフィアだからといって、警備員《けいびいん》を射《う》ち殺《ころ》して奪《うば》いかえすというわけにはいかないだろう。ここは日本《にほん》だからな」

「もっともだ」

瀬川《せがわ》がうなずいた。

「で、これは菊地《きくち》が考《かんが》えたんですが、マフィアに院長《いんちょう》の息子《むすこ》を誘拐《ゆうかい》させ、それと由美子《ゆみこ》とを交換《こうかん》するんです。もちろんヴィットリオだと言《い》って」

「それはおもしろいアイディアだが、連《つ》れてきたのが由美子《ゆみこ》だとわかれば、息子《むすこ》を返《かえ》さんだろう」

「といって、ヴィットリオをあの連中《れんちゅう》に引《ひ》きわたしたら命《いのち》の保証《ほしょう》はできません」

「そうだな。ではどうする？」

「ヴィットリオをわたすなんて、かわいそうでできないよ。わたしたちで守《まも》ってやろう」

久美子《くみこ》は思《おも》いつめたように言《い》った。

「そうなると、マフィアと全面戦争《ぜんめんせんそう》になることを覚悟《かくご》しなくちゃならんぞ」

「いいじゃないですか、友《とも》だちを救《すく》うためなら、なんだってやりましょう」

こういうときの久美子《くみこ》は、ジャンヌ・ダルクのようにさっそうとしている。

「よし、そこまで決心《けっしん》がついているなら、わしもできるだけのことをする。みんな、それでいいんだな？」

瀬川《せがわ》に言《い》われて、四人《にん》が口《くち》をそろえて、

「いいです」

と答《こた》えた。その瞬間《しゅんかん》、英治《えいじ》は体《からだ》に電気《でんき》が流《なが》れたような感触《かんしょく》をうけた。

「わしにも一つ、いい考《かんが》えがある。それでやってみよう」

「ぼくらは何《なに》を手《て》つだえばいいんですか？」

相原《あいはら》が言《い》った。

「きみらは何《なに》もしなくていい」

「しかし、それでは……」

「院長《いんちょう》の息子《むすこ》を誘拐《ゆうかい》させるようにし向《む》けるということは、言《い》ってみれば犯罪《はんざい》すれすれの行為《こうい》だ。それを前途《ぜんと》のあるきみたちにやらせるわけにはいかん」

「それは瀬川《せがわ》さんも同《おな》じだと思《おも》います」

相原《あいはら》は、真《ま》っ直《す》ぐ瀬川《せがわ》の目《め》を見《み》つめた。

「わしは、あすにも認知症《にんちしょう》になるかもしれん。わしにきみらのために、一肌脱《ひとはだぬ》がせてくれ」

淡々《たんたん》と言《い》う瀬川《せがわ》に、四人《にん》とも言葉《ことば》を失《うしな》った。

「うわさによると、あの院長《いんちょう》は相当《そうとう》もうけているらしい。これは、かなりあくどいことをやっているにちがいない。こういうやつにはお灸《きゅう》をすえてやる必要《ひつよう》があるんだ」

「どんなお灸《きゅう》ですか？」

「それは㊙《まるひ》だ」

㊙《まるひ》と聞《き》いて、みんな吹《ふ》きだしてしまった。

2

荒井《あらい》神経科《しんけいか》の看護師《かんごし》は、翌日《よくじつ》おみやげを持《も》って瀬川《せがわ》のところにやってきた。

瀬川《せがわ》が認知症《にんちしょう》のまねをしたのは、孫《まご》のルミをからかうためだと言《い》ったのが、彼女《かのじょ》の興味《きょうみ》をひいてやってきたのだった。彼女《かのじょ》の名前《なまえ》は三木優子《みきゆうこ》といって、秋田県《あきたけん》の出身《しゅっしん》である。そのせいか、ふっくらとして、色《いろ》が白《しろ》い美人《びじん》であった。

「きみみたいな美人《びじん》は、病院《びょういん》においておくのは惜《お》しい。わしがどこかへ世話《せわ》しよう」

そのせりふも彼女《かのじょ》には効果《こうか》があったようだ。

「このひと、おじいちゃんの奥《おく》さん？」

優子《ゆうこ》は、仏壇《ぶつだん》のさよの写真《しゃしん》を見《み》て言《い》った。

「そうだ。ことしの春《はる》死《し》んだ」

「そう。じゃあ、まだときどき思《おも》いだすでしょう？」

「ああ、思《おも》いだすね」

「おじいちゃん、愛《あい》してたんだね？」

「愛《あい》してた」

さよの写真《しゃしん》が、一瞬《いっしゅん》はずかしそうに見《み》えた。

「おばあちゃん幸《しあわ》せだったね」

「愛《あい》しあっていれば、二人《ふたり》とも幸《しあわ》せだよ。きみはだれかに愛《あい》されているかい?」

「ううん。あそこにいたらだれも来《こ》ないよ。勤《つと》め先《さき》を言《い》っただけで敬遠《けいえん》されちゃう」

「そうか。しかし、きみたちのおかげでみんな助《たす》かっているんだ」

「そうでも思《おも》わなきゃいられないよ」

「院長《いんちょう》だけが金《かね》もうけしてるんだろう」

「おじいちゃん、よくわかるね」

優子《ゆうこ》は、びっくりしたような顔《かお》で瀬川《せがわ》を見《み》つめた。

「わかるさ、それくらいのことは」

「きみはよくがまんしてえらいよ」

「そうでもないよ」

アクセントに秋田《あきた》のなまりが少《すこ》し残《のこ》っているのがかわいい。

優子《ゆうこ》は、自分《じぶん》でお茶《ちゃ》をいれると、持《も》ってきたまんじゅうの包《つつ》みをあけた。

「きみに、いいおむこさんを世話《せわ》するよ」

「ほんとう?」

「ほんとうだ。きみなら亭主《ていしゅ》を幸《しあわ》せにできそうだ」

「うれしい。私信《わたししん》じちゃうよ」

「ああ、信《しん》じてけっこう」

瀬川《せがわ》は、ほんとうにこの子《こ》のおむこさんを探《さが》そうと思《おも》った。

「この間《あいだ》、わしの知《し》り合《あ》いの中学生《ちゅうがくせい》なんだが、不登校《ふとうこう》で入院《にゅういん》した女《おんな》の子《こ》がいるだろう？」

「ああ、先週《せんしゅう》に入《はい》った子《こ》？」

「そうだ、河辺由美子《かわべゆみこ》という名前《なまえ》だ」

「いるよ、お母《かあ》さんが連《つ》れてきて、院長《いんちょう》と話《はな》してむりやり入《い》れちゃったの」

「かわいそうに。あの子《こ》は別《べつ》におかしくもなんともないんだが、子《こ》どものとき病気《びょうき》して学校《がっこう》を二年《ねん》も欠《けっ》席《せき》してから、学校《がっこう》に行《い》けなくなっちゃったんだ」

「二年《ねん》も欠席《けっせき》したら、私《わたし》だって行《い》けないよ」

「それを病気《びょうき》にしちまったんだから、ひどい母親《ははおや》だよ」

「近《ちか》ごろ、ひどい母親《ははおや》がいるよ。家庭内暴力《かていないぼうりょく》なんて言《い》うけど、母親《ははおや》の暴力《ぼうりょく》のほうがよっぽど怖《こわ》いよ」

「由美子《ゆみこ》にも薬《くすり》を飲《の》ませてるのかい？」

「うつ病《びょう》の薬《くすり》、抗《こう》うつ薬《やく》を飲《の》ませてる。これは、うつ病《びょう》の人《ひと》は爽快《そうかい》になることが多《おお》いけれど、不登校《ふとうこう》の子《こ》どもには効果《こうか》がないみたい」

「由美子《ゆみこ》の様子《ようす》を聞《き》かせてくれないか？」

「おとなしいというより、まったく気力《きりょく》をなくしちゃったみたいね。きっと薬《くすり》の副作用《ふくさよう》でしょうけれど、とても生《い》きてる人間《にんげん》には見《み》えないわ」

「困《こま》ったもんだね。薬《くすり》をやめさせるわけにはいかないかね？」

「それはできないわね」

「何号室《なんごうしつ》にいるんだい？」

「三〇五号室《ごうしつ》」

「ありがとう、よく聞《き》かせてくれた」

「私《わたし》が話《はな》したことだれにも言《い》わないでよ。患者《かんじゃ》さんのプライバシーは話《はな》しちゃいけないことになっているんだから」

「だれにも言《い》うもんかい」

優子《ゆうこ》は、それから一時間《じかん》ほど世間話《せけんばなし》をして帰《かえ》っていった。

夕方《ゆうがた》になって、もうそろそろルミがやってくる時間《じかん》だと思《おも》っていると、ルミが二人《ふたり》の男《おとこ》をつれて部屋《へや》に入《はい》ってきた。

一人《ひとり》は大沢《おおさわ》で、もう一人《ひとり》はこの間《あいだ》のイタリア人《じん》である。

「じいさん、ガキの行《い》き先《さき》を思《おも》いだしたかい？」

きょうの大沢《おおさわ》は、いっぱしのヤクザ口調《くちょう》である。

「ああ思《おも》いだした。年《とし》を取《と》るともの忘《わす》れがひどくなってな。わしもぼけてきたようだ」

「じゃあ、言《い》ってもらおうかい」

大沢《おおさわ》は瀬川《せがわ》に顔《かお》を近《ちか》づけた。

「あの子《こ》は病気《びょうき》になったから入院《にゅういん》させた」

「病気《びょうき》？　なんの病気《びょうき》だ？」

「頭《あたま》だよ、ずっと一人《ひとり》っきりにしておいたので、体調《たいちょう》がおかしくなっちまった。しかたないから精神科《せいしんか》病院《びょういん》に入院《にゅういん》させた」

「口《くち》から出《で》まかせ言《い》ってるんじゃねえだろうな？」

「うそかほんとうか、行《い》ってみればわかる。荒井神経科《あらいしんけいか》というんだ。病室《びょうしつ》は三〇五号室《ごうしつ》だ」

「じゃあ、行《い》って出《だ》してくる。世話《せわ》になった、ありがとうよ」

大沢《おおさわ》は、イタリア人《じん》に一言《ひとこと》、二言《ふたこと》言《い》って外《そと》へ出《で》ようとした。

「ちょっと待《ま》て」

「なんだい？」

大沢《おおさわ》がふり向《む》いた。

「そこの病院《びょういん》は、ふつうの病院《びょういん》とちがって、ただ出《だ》してくれと言《い》っても出《だ》してはくれん」

「出《だ》さなきゃ、むりやりにでも連《つ》れかえる」

「そんなことしたら、警察《けいさつ》ざたになるぞ。それでもいいのか？」

「それはまずい。どうしたらいい？」

「わしにいい考《かんが》えがある。まあ、そこに座《すわ》れ」

二人《ふたり》がもどってきて、たたみに座《すわ》った。

「早《はや》くいいなよ。こっちは急《いそ》いでいるんだ」

「あわてるな。一億円《おくえん》のもうけ口《ぐち》だ」

「一億円《おくえん》だと？」

「そうだ、一億円《おくえん》だ」

「じいさん、頭《あたま》はだいじょうぶかい？」

大沢《おおさわ》は、疑《うたが》い深《ぶか》そうに瀬川《せがわ》の目《め》をのぞきこんだ。

「頭《あたま》はおまえよりよほどしっかりしている。いいか、ヴィットリオが入院《にゅういん》している病院《びょういん》の院長《いんちょう》は大金持《おおがねも》ちだ。なぜかわかるか？」

「わからねえ」

「患者《かんじゃ》から金《かね》を取《と》り放題《ほうだい》取《と》るからだ」

「悪《わる》いやつだな」

「おまえたちよりもっと悪《わる》いやつだ。だから、そいつから金《かね》を取《と》れ」

「取《と》れといったって、どうやって取《と》るんだ」

「頭《あたま》をつかうんだよ、頭《あたま》を。おまえたちは、ヨーロッパからニセモノの絵《え》を持《も》ってきては売《う》り歩《ある》いているんだろう？」

「そんなことがどうしてわかる？」

大沢《おおさわ》は、あきらかにおどろいた様子《ようす》だ。

「わかるさ。だてに年《とし》を取《と》ってはおらん。いいか、ニセモノの絵《え》を院長《いんちょう》に売《う》りつけるんだ」

「そんなに簡単《かんたん》に絵《え》は売《う》れやしねえよ」

「だから頭《あたま》をつかえと言《い》っただろう。院長《いんちょう》には、目《め》の中《なか》に入《い》れても痛《いた》くないほどかわいい一人息子《ひとりむすこ》がいる。その息子《むすこ》を誘拐《ゆうかい》するんだ」

「ずいぶん荒《あら》っぽいことをやるんだな」

「なんだ、そんなこともできん弱虫《よわむし》か？」

「とんでもない。向《む》こうでは誘拐《ゆうかい》はおれたちの事業《じぎょう》の一つだ」

「それならやれ。毎日学校《まいにちがっこう》へ通《かよ》っているから仕事《しごと》は簡単《かんたん》だ」

「わかった」

「息子《むすこ》を誘拐《ゆうかい》したら、電話《でんわ》して院長《いんちょう》と話《はなし》があると言《い》え、そして、院長《いんちょう》が出《で》たら、三〇五号室《ごうしつ》の患者《かんじゃ》と息《むす》子《こ》を交換《こうかん》したいと言《い》うのだ。もちろんいやとは言《い》わん」

「そのあとで絵《え》を売《う》りつけるのか？」

「いい出《で》ものだから二、三年《ねん》すれば五倍《ばい》になると言《い》えば、院長《いんちょう》は欲《よく》が深《ふか》いから必《かなら》ず食《く》いついてくる」

「いやと言《い》ったら？」

「息子《むすこ》をわたさないと言《い》えばいい」

「そうか、それはいい手《て》だな。じいさん、かなりのワルだな？」

「いまはこんな暮《く》らしをしているが、おまえがガキだった時《とき》には、その道《みち》ではかなりならしたもんだ」

「ほんとうかい？」

「ほんとうだとも」

「それはおみそれ申《もう》しやした」

大沢《おおさわ》は、すっかり信用《しんよう》して頭《あたま》をたたみにつけた。

「段取《だんど》りはおれがつけるから、おまえらは言《い》われたとおり動《うご》けばいい」

「わかったよ。これが成功《せいこう》したら礼《れい》はいくら出《だ》せばいい？」

「そんなけちなものはいらん」

「それじゃ、ただかい？」

大沢《おおさわ》は、狐《きつね》につままれたような顔《かお》をしている。

「近《ちか》ごろ退屈《たいくつ》だから、ちょっと遊《あそ》んでみたいだけさ」

大沢は、やってきたときとはうって変《か》わって、しおらしい態度《たいど》で出《で》ていった。

「たまには、こういう田舎芝居《いなかしばい》をやってみると、気分《きぶん》がせいせいするね」

ルミがあきれた顔《かお》でお茶《ちゃ》をいれてくれた。それが、ことのほかうまかった。

3

「学園祭《がくえんさい》の出演者《しゅつえんしゃ》は、練習《れんしゅう》をするからこんやおれんちへ集《あつ》まってくれ」

相原《あいはら》が言《い》ったとたん、南原《なんばら》が満足《まんぞく》そうにうなずいた。

「おれも見学《けんがく》に行《い》こうか？」

「いいえ、先生《せんせい》が来《き》てくださる必要《ひつよう》はありません。ぼくらだけでやりますから、ゆっくりお休《やす》みになってください」

「そうか、それなら休《やす》ませてもらうか」

すると、小黒《おぐろ》が立《た》ちあがって、

「ぼくも行《い》かなくてもいいですか。塾《じゅく》があるんです」

「塾《じゅく》か、勉強《べんきょう》ということならしかたないな。相原《あいはら》にきいてみろ」

南原《なんばら》は、いちおう相原《あいはら》の顔《かお》を見《み》て言《い》った。

「いいよ。おまえの出番《でばん》は少《すく》ないから。しっかり勉強《べんきょう》してこい」

「たかが高校受験《こうこうじゅけん》くらい、そんなにやることねえだろう」

柿沼《かきぬま》が聞《き》こえよがしに言《い》うと天野《あまの》が、

「やつは東大《とうだい》をねらってんだ。高校《こうこう》なんてメじゃねえんだってさ」

天野《あまの》の声《こえ》も大《おお》きい。しかし、小黒《おぐろ》は二人《ふたり》の言葉《ことば》を無視《むし》して、単語帳《たんごちょう》を開《ひら》いている。

南原《なんばら》が教室《きょうしつ》を出《で》ていくと、相原《あいはら》が英治《えいじ》の席《せき》にやってきた。

「こんや矢場《やば》さんが来《く》るぞ」

「帰《かえ》ってきたのか？」

「きのうの夜《よる》おそく電話《でんわ》があった」

「絵《え》は見《み》つかったのか？」

相原《あいはら》はだまって首《くび》をふった。

「だめか。金《かね》がなくなって帰《かえ》ってきたのか？」

「そうじゃないらしい。くわしいことはこんや家《いえ》に来《き》て話《はな》してくれるそうだ」

「そうか、それでこんや稽古《けいこ》するって言《い》ったのか」

「そうさ」

相原《あいはら》はにやっと笑《わら》った。

その夜相原《よるあいはら》の家《いえ》に集《あつ》まったのは、英治《えいじ》のほかに、安永《やすなが》、久美子《くみこ》、ひとみ、純子《じゅんこ》、佐織《さおり》、律子《りつこ》、中尾《なかお》、日比野《ひびの》、天野《あまの》、立石《たていし》、宇野《うの》、柿沼《かきぬま》の十三人《にん》であった。

「中尾《なかお》、脚本《きゃくほん》できたのか？」

日比野《ひびの》がきいた。

「まだだ」

「まだ？　脚本《きゃくほん》がなくてどうして稽古《けいこ》ができるんだよ」

「日比野《ひびの》、ちょっと待《ま》ってくれ。おれが原案《げんあん》をつくり直《なお》したんだ」

中尾《なかお》に食《く》ってかかる日比野《ひびの》を、相原《あいはら》が中《なか》に入《はい》って押《お》さえた。

「相原《あいはら》、こりすぎだよ。それじゃ時間切《じかんぎ》れになっちまうぜ」

日比野《ひびの》はほっぺたをふくらませた。こうするとフグそっくりになる。

「おもしろいネタが入《はい》ったんで、ストーリーを変《か》えることにしたんだ」

「どこを変《か》えるんだよ」

柿沼《かきぬま》もからんできた。これは機嫌《きげん》がわるい証拠《しょうこ》だ。

「実《じつ》は、魔法《まほう》つかいってのは古《ふる》くさい童話《どうわ》だからマフィアに変《か》えようと思《おも》うんだ」

「マフィアって、イタリアのギャングじゃねえのか」

「さすがにミステリー・マニアのカッキーだけのことはある」

相原《あいはら》がおだてると、柿沼《かきぬま》の機嫌《きげん》は簡単《かんたん》に直《なお》った。

「しかし、マフィアってのはおどろきだな。いったいどういうことになっちゃうんだ？」

柿沼《かきぬま》は、腕《うで》を組《く》んでうなっている。

「そうなると、赤《あか》ずきんはマフィアに食《た》べられちゃうの？」

ひとみがきいた。

「マフィアは人間《にんげん》を食《く》わないから、監禁《かんきん》するんだ」

「どうして？」

「赤《あか》ずきんのおやじに身代金《みのしろきん》を要求《ようきゅう》するためさ。金《かね》を一億円《おくえん》持《も》ってこい。さもないと耳《みみ》を切《き》りおとす」

ひとみは思《おも》わず耳《みみ》に手《て》をあてた。

「しかし、おやじは金《かね》の都合《つごう》がつかない。気《き》の短《みじか》いマフィアは耳《みみ》を切《き》っておやじに送《おく》りつける」

「やめて！」

ひとみが悲鳴《ひめい》をあげた。

「まさか、ほんものの耳《みみ》は切《き》りおとさないよ」

「ちょっと待《ま》ってくれよ。それじゃ七人《にん》の小人《こびと》はどうなっちゃうんだよ」

立石《たていし》がきいた。

「マフィアと戦《たたか》って、赤《あか》ずきんを奪《うば》いかえすんだ」

「この前聞《まえき》いたときは、㊙《まるひ》で先生《せんせい》のものまねをやるって言《い》ってたんじゃねえのか。これじゃ全然《ぜんぜん》ちがうじゃんか」

天野《あまの》がふくれている。

「たしかに、最初《さいしょ》の案《あん》は本番《ほんばん》のときに七人《にん》の小人《こびと》は先生《せんせい》のものまねをするつもりだった。しかし、変《か》えたんだ」

「どうして変《か》えたんだよ」

「そのほうがおもしろいからさ」

「じゃあ、みんなの役《やく》は決《き》まってるのか？」

「決《き》まってない。だれが何《なに》をやるかは、その場《ば》その場《ば》で決《き》める」

「そんな、アドリブみたいな演技《えんぎ》できないわよ」

律子《りつこ》が食《く》いついた。

「できるんだな。それが」

「脚本《きゃくほん》もなしでどうやってやるの？」

「実《じつ》は、ホンモノのマフィアがイタリアからやってきて、少年《しょうねん》を奪《うば》おうとしている。われわれは、そのマフィアと戦《たたか》って少年《しょうねん》を守《まも》らなければならないんだ」

「相原《あいはら》、おまえ頭《あたま》がどうかしちゃったんじゃねえのか」

柿沼《かきぬま》が相原《あいはら》のそばにやってきて、西瓜《すいか》の品定《しなさだ》めをするように指《ゆび》ではじいた。

「みんな信《しん》じられないだろうが、これはほんとうの話《はなし》なんだ。いまここに矢場《やば》さんが来《く》るから、矢場《やば》さんから話《はなし》を聞《き》いてくれ」

相原《あいはら》が言《い》い終《お》わるのを待《ま》っていたように矢場《やば》があらわれた。

「いまそこで、矢場《やば》という声《こえ》が聞《き》こえたんで、登場《とうじょう》を待《ま》っていたんだ」

いっせいに拍手《はくしゅ》が起《お》こった。

「お帰《かえ》りなさい」

相原《あいはら》と英治《えいじ》が言《い》った。

「ただいま。おれはこのところイタリアとフランスに行《い》っていた。目的《もくてき》は一枚《まい》の絵《え》を捜《さが》しだすためだった。しかし、見《み》つからなかった」

「なんだあ」

何人《なんにん》かから失望《しつぼう》の声《こえ》が出《で》た。

「なんの絵《え》を捜《さが》しに行《い》ったんですか？」

律子《りつこ》がきいた。

「きみたちも知《し》っていることと思《おも》うが静岡県《しずおかけん》の浜名湖畔《はまなこはん》にある愛美術館《あいびじゅつかん》が買《か》ったラファエロの作品《さくひん》だ。あれと同《おな》じものがヨーロッパにあるということをおしえてくれた人《ひと》がいたので出《で》かけたんだ」

「同《おな》じ絵《え》が二枚《まい》あるということは、どちらかがニセモノということですね？」

「そうだ、どうも愛美術館《あいびじゅつかん》のほうがニセモノらしいことがわかったんだ」

「その絵《え》、いくらで買《か》ったの？」

立石《たていし》がきいた。

「十億以上《おくいじょう》と言《い》っているが十億円《おくえん》だ」

「ええっ、それがニセモノだったら問題《もんだい》だぜ。どうして新聞《しんぶん》に出《で》ないの？」

「きみの言《い》うとおり問題《もんだい》だが、まだこのことは発表《はっぴょう》されていない」

「どうして？」

「もう一枚《まい》の絵《え》が見《み》つからなければ、ニセモノともホンモノともわからんからだ」

「それを捜《さが》しにいったけど見《み》つからなかったってことは、美術館《びじゅつかん》の絵《え》がホンモノだってこと？」

「そうじゃない。もう一枚《まい》の絵《え》が日本《にほん》にあるということがわかった。だから帰《かえ》ってきたんだ」

「ええっ」

これは英治《えいじ》にとっても初耳《はつみみ》だった。

「どこにあるの？」

久美子《くみこ》がきいた。

「どこにあるかは、イタリアからやってきた少年《しょうねん》が知《し》っている」

「ヴィットリオが？」

「そうだ。だからマフィアがその少年《しょうねん》をねらっているのだ」

「その少年《しょうねん》、いまどこにいるの？」

宇野《うの》がきいた。

「あるところに隠《かく》れている。しかし、マフィアのことだ。見《み》つけだすのは時間《じかん》の問題《もんだい》だろう。そうしたら、われわれで守《まも》ってやるしかない。もし少年《しょうねん》を引《ひ》きわたせば、殺《ころ》されるかもしれないからだ」

「警察《けいさつ》に保護《ほご》をたのんだら？」

律子《りつこ》が言《い》った。

「警察《けいさつ》は、こんな話《はなし》信《しん》じやしないさ」

「わかったぞ相原《あいはら》。ヴィットリオという少年《しょうねん》を赤《あか》ずきんと七人《にん》の小人《こびと》が守《まも》って、マフィアと戦《たたか》うことがそのまま劇《げき》になるってわけか？」

日比野《ひびの》が言《い》った。

「そういうことだ」

「つまり、ドキュメンタリーってわけだな」

「日比野《ひびの》、いいことを言《い》うぜ」

安永《やすなが》が言《い》った。

「おれたちは、ヴィットリオを守《まも》ると同時《どうじ》に、もう一人《ひとり》救《たす》けださなければならない子《こ》がいる。ただし、こっちは劇《げき》にはできない」

「だれだ？」

「不登校《ふとうこう》で、神経科《しんけいか》に強制入院《きょうせいにゅういん》させられた一年生《ねんせい》の女《おんな》の子《こ》だ」

相原《あいはら》は由美子《ゆみこ》のことを、みんなにくわしく説明《せつめい》した。

「それは、近《ちか》いうちにやるんだな？」

柿沼《かきぬま》がきいた。

「荒川《あらかわ》の河川敷《かせんしき》で人質《ひとじち》を交換《こうかん》するということになるはずだ」

「だけど、院長《いんちょう》が連《つ》れてくるのがヴィットリオじゃないとわかったら、マフィアはかんかんになるぜ」

「だから、おれたちがその場《ば》にかくれていて、わっと飛《と》びだすんだ」

「音楽《おんがく》がんがんやって、花火上《はなびあ》げたらどうだ？」

天野《あまの》が言《い》った。

「言《い》ってくれるぜ天野《あまの》。そのどさくさに由美子《ゆみこ》を連《つ》れてきちゃえばいい」

花火《はなび》ときいて、立石《たていし》がのってきた。

「やろう、やろう」

みんなが喚声《かんせい》をあげた。

4

矢場《やば》が、久美子《くみこ》の家《いえ》に行《い》ってヴィットリオに会《あ》いたいと言《い》うので、英治《えいじ》と相原《あいはら》と安永《やすなが》がついていくことになった。

久美子《くみこ》の家《いえ》に着《つ》いて、ヴィットリオの部屋《へや》に入《はい》ると、ヴィットリオはテレビをつけたまま眠《ねむ》っていた。

「しゃべることは生意気《なまいき》だけど、こうして寝顔《ねがお》を見《み》ていると、やっぱり子《こ》どもね」

いとおしげに寝顔《ねがお》を見《み》つめている久美子《くみこ》を見《み》て、安永《やすなが》が、

「こいつは、久美子《くみこ》のことをおふくろと思《おも》ってるらしいぜ」

と、矢場《やば》に言《い》った。

「ちょっと、失礼《しつれい》なこと言《い》わないでよ。いまからおふくろじゃ、お嫁《よめ》のもらい手《て》がいなくなるじゃない」

「そう言《い》われてみると、久美子《くみこ》はいいおふくろになりそうだな」

矢場《やば》がいった。

「わたしはいいおふくろより、いい恋人《こいびと》になりたいの」

「そいつは無理《むり》かもな」

久美子《くみこ》は、思《おも》いきり矢場《やば》の二《に》の腕《うで》をつねった。

「痛《いた》いっ」

矢場《やば》の声《こえ》が大《おお》きかったので、ヴィットリオは目《め》をあけた。

「お客《きゃく》さまを連《つ》れてきたよ」

久美子《くみこ》が言《い》うと、ヴィットリオはベッドの上《うえ》に座《すわ》った。

「あんたを、日本《にほん》に行《い》くよう話《はなし》をつけてくれた、矢場《やば》さんが帰《かえ》ってきたよ」

「グラッツェ」

ヴィットリオは小《ちい》さい手《て》を出《だ》した。矢場《やば》はその手《て》をにぎりしめた。

「どうだ、日本《にほん》は楽《たの》しいか？　楽《たの》しいわけないよな」

「変《へん》な質問《しつもん》」

ヴィットリオは笑《わら》いだした。

「みんな、きみの日本語《にほんご》がうまいので、日本《にほん》に住《す》んでたのかと思《おも》ってるぞ」

「ぼくは、日本《にほん》とイタリアの間《あいだ》を何度《なんど》も行《い》ったり来《き》たりしているからだよ」

「ママはいま日本《にほん》にいるんだろう？」

矢場《やば》の意外《いがい》な質問《しつもん》に、ヴィットリオは、「うん」と素直《すなお》に答《こた》えた。

「そうかあ。じゃあ永楽荘《えいらくそう》からいなくなった日《ひ》、きみはママのところに行《い》ったんだな？」

「うん」

英治《えいじ》の質問《しつもん》にもヴィットリオは素直《すなお》に答《こた》えたが、しかし、浮《う》かぬ顔《かお》をしていた。

「ママに会《あ》えてうれしかったか？」

こんどは矢場《やば》がきいた。

「ママはすぐ帰《かえ》れと言《い》ったから、帰《かえ》ってきた」

「何《なに》か事情《じじょう》があるんだな」

「だれかに見《み》つかると命《いのち》が危《あぶ》ないから、二度《にど》と来《き》てはいけないと言《い》われた」

「そうか、そんなことを言《い》ったのか？」

矢場《やば》は、しばらく考《かんが》えてから、

「きみ、イタリアを出《で》るとき何《なに》か持《も》ってきたか？」

「なんにも……」

「永楽荘《えいらくそう》にあらわれたときは、着《き》の身着《みき》のままだったよ」

相原《あいはら》が言《い》った。

「じゃあ、何《なに》か言《い》われなかったか？」

「マリエッタを大切《たいせつ》にしろって言《い》われたよ」

「マリエッタってなんだ？」

安永《やすなが》がきくと矢場《やば》が、

「Ｔ《ティー》シャツのことだ」

と言《い》った。

「Ｔ《ティー》シャツを大切《たいせつ》にしろ？　この子《こ》が着《き》てきたＴ《ティー》シャツあるか？」

矢場《やば》は久美子《くみこ》にきいた。

「洗《せん》たくして、たんすの引《ひ》き出《だ》しに入《はい》ってるよ」

と言《い》いながら、引《ひ》き出《だ》しをあけて赤《あか》いＴ《ティー》シャツを出《だ》すと矢場《やば》にわたした。

「このＴ《ティー》シャツを大切《たいせつ》にしろって？」

「うん」

「どういうことなんだ？」

安永《やすなが》が首《くび》をふった。

「ちょっと、ぼくに見《み》せてくれないかな」

相原《あいはら》は、矢場《やば》からT《ティー》シャツを受《う》けとって丹念《たんねん》に調《しら》べた。しばらくしてから、

「ここに妙《みょう》な縫《ぬ》いとりがある」

と言《い》った。

「どこに？」

久美子《くみこ》が、真《ま》っ先《さき》にのぞきこんだ。

「ほら、ここに小《ちい》さな×の縫《ぬ》いとりがあるだろう？」

「それがどうしたの？」

「これ、おかしな並《なら》び方《かた》をしてると思《おも》わないか。いまここに書《か》いてみる」

相原《あいはら》は机《つくえ》の上《うえ》の紙《かみ》を取《と》ると、鉛筆《えんぴつ》で写《うつ》しはじめた。

××・××　×・×　×××・××　×××・××　×・×××××　××××・×××　××・××××　×・×

「何《なに》？　これ」

久美子《くみこ》は矢場《やば》の顔《かお》を見《み》た。

「これがそうかもしれんな。しかしわからん」

矢場《やば》は首《くび》をふった。

「これは簡単《かんたん》な暗号《あんごう》だ。多分《たぶん》アルファベットを数字《すうじ》であらわしたんじゃないかな」

しばらく眺《なが》めていた相原《あいはら》は、そう言《い》いながら、アルファベットを書《か》いた。

「一番《ばん》のA《エー》から二十六番《ばん》のZ《ゼット》まで番号《ばんごう》をつけたんではなくて、何列《なんれつ》かに並《なら》べてあるな。最大《さいだい》5までしかないから、こうかな？」

	1	2	3	4	5	
1	A	B	C	D	E	
2	F	G	H	I	J	
3	K	L	M	N	O	
4	P	Q	R	S	T	
5	U	V	W	X	Y	Z

「菊地《きくち》、その×印《ばつじるし》を数字《すうじ》で言《い》ってみてくれ」

相原《あいはら》に言《い》われて、英治《えいじ》は×印《ばつじるし》を数字《すうじ》に置《お》きかえた。

「いいか、2・2、1・1、3・2、3・2、1・5、4・3、2・4、1・1」

英治《えいじ》が言《い》うまま、相原《あいはら》はアルファベットにした。

GALLERIA
「なんだ、これは？」

「ガッレーリア。美術館《びじゅつかん》のことだ」

矢場《やば》が言《い》った。

「すっごい」

久美子《くみこ》が感心《かんしん》すると、

「ガッレーリアには日参《にっさん》していたんだから、知《し》っていてあたりまえだ」

矢場《やば》は、にこりともせずに言《い》った。

「美術館《びじゅつかん》がどうしたっていうんだ？」

英治《えいじ》は矢場《やば》の顔《かお》を見《み》た。

「イタリアの美術館《びじゅつかん》であるはずはないから日本《にほん》だな」

「日本《にほん》の美術館《びじゅつかん》っていったって、いくつもあるんだから、これだけじゃわかんないよ」

英治《えいじ》は、ほかにも印《しるし》がないか、もう一度《いちど》T《ティー》シャツを調《しら》べてみたが、それ以外《いがい》にサインらしいものはなかった。

「美術館《びじゅつかん》というと、例《れい》のラファエロのかかっている愛美術館《あいびじゅつかん》のことじゃないかな？」

相原《あいはら》が、あまり自信《じしん》のなさそうな声《こえ》でつぶやいた。

「そうかもしれんぞ」

それにひきかえ、矢場《やば》の声《こえ》は大《おお》きかった。

「愛美術館《あいびじゅつかん》にラファエロがあるのは、もともとわかってることでしょう。問題《もんだい》は、もう一枚《まい》の絵《え》がどこにあるかってことよ。まさか、愛美術館《あいびじゅつかん》にもう一枚《まい》あるなんてことはないよね」

「久美子《くみこ》の言《い》うとおり、もう一枚《まい》のラファエロが、愛美術館《あいびじゅつかん》にあればおもしろいことになるが、それはないだろう」

「じゃあ、なんのことだ？　おれにはさっぱりわかんねえ」

安永《やすなが》は、お手上《てあ》げというポーズで英治《えいじ》を見《み》た。

「おれもわかんねえ」

「ヴィットリオには、まだほかにも秘密《ひみつ》があるのかもしれないな」

矢場《やば》がつぶやいた。

「ぼくは、秘密《ひみつ》なんて知《し》らないよ」

ヴィットリオが抗議《こうぎ》した。

「もちろん、きみは知《し》らないだろう。しかし、マフィアにねらわれるところをみると、何《なに》かがあるんだ」

「それとも、美術館《びじゅつかん》というだけで、やつらにはわかるのかもしれないよ」

相原《あいはら》が言《い》った。

「そうだな。とにかく、おれはあす愛美術館《あいびじゅつかん》に行《い》ってくる」

「愛美術館《あいびじゅつかん》って浜名湖《はまなこ》だったたっけ？」

安永《やすなが》がきいた。

「静岡県《しずおかけん》の浜名湖《はまなこ》のそばに建《た》っている。東名高速道《とうめいこうそくどう》の三ヶ日《みっかび》インターをおりればすぐだ」

「そんなところに美術館建《びじゅつかんた》てて、みんなに見《み》せる気《き》あるのかな？」

「金持《かねも》ちの相続税対策《そうぞくぜいたいさく》なんだから、見《み》せる気《き》なんてないさ」

安永《やすなが》が大《おお》きなため息《いき》をついた。

「世《よ》の中《なか》おかしくなってるのはたしかだ」

「矢場《やば》さん、愛美術館《あいびじゅつかん》に何《なに》しに行《い》くの？」

久美子《くみこ》がきいた。

「もう一度《いちど》、この目《め》であの絵《え》をたしかめてくるんだ」

「ニセモノだなんて言《い》った矢場《やば》さんには見《み》せないかもよ」

英治《えいじ》が言《い》った。

「あるいは、菊地《きくち》の言《い》うとおりかもしれん。そのときはそのときだ」

矢場《やば》は、何《なに》かを考《かんが》えているように見《み》えた。

5

矢場《やば》は、なかなか寝《ね》つかれなかった。ようやく眠《ねむ》りに入《はい》ったと思《おも》ったら電話《でんわ》が鳴《な》った。こういうときの電話《でんわ》というのは、しゃくにさわるものである。

「寝《ね》てたのか？」

つい不機嫌《ふきげん》な声《こえ》になったらしい。報道部《ほうどうぶ》の丸木《まるき》というデスクの声《こえ》だった。

「やっと寝《ね》ついたところ」

「わるいなあ。このヤマはどうしてもヤーさんにやってもらいたいんだよ」

丸木《まるき》は、矢場《やば》より五、六歳年下《さいとしした》だが、矢場《やば》のことをヤーさんと言《い》う。ヤーさんと言《い》われると、ヤクザみたいでいやなので、何度《なんど》もやめてくれと抗議《こうぎ》しているが、丸木《まるき》はやめない。

「なんで、おれなんだ？」

矢場《やば》は、半分寝《はんぶんね》ぼけながら答《こた》えた。

「ヤーさん、この間《あいだ》からラファエロのニセモノを追《お》いかけてたろう？」

「あのおかげで、懐《ふところ》はすってんてんだ」

「その絵《え》が盗《ぬす》まれたんだよ。美術館《びじゅつかん》から」

「なんだって」

いきなり、頭《あたま》をなぐられたような衝撃《しょうげき》だった。

「たったいま、警察《けいさつ》から一報《いっぽう》が入《はい》った」

「やられたのはいつだ？」

「午前《ごぜん》二時《じ》だ」

「すると、二時間前《じかんまえ》だな」

「美術館《びじゅつかん》には警報装置《けいほうそうち》がつけてあったんで、侵入《しんにゅう》すると同時《どうじ》に警報《けいほう》が鳴《な》った。そこで警備会社《けいびがいしゃ》の警備員《けいびいん》が駆《か》けつけてみると、すでに絵《え》はなかった」

「被害《ひがい》はそれだけか？」

「はっきりしたことはわからないが、どうもそれだけらしい」

「あの美術館《びじゅつかん》の脇《わき》には、館長《かんちょう》の家《いえ》があるはずだが、館長《かんちょう》は何《なに》してたんだ？」

「館長《かんちょう》はいなかった」

「いない？」

突然《とつぜん》、黒《くろ》い雲《くも》が天《てん》をおおいはじめた。

「これからそちらに車《くるま》をまわすぜ」

「わかった。このヤマだけはまかせてくれ」

「それを待《ま》っていた。頼《たの》んだぜ」

電話《でんわ》が切《き》れたあとも、しばらく受話器《じゅわき》がはなせなかった。

「ガッレーリアか」

ヴィットリオのT《ティー》シャツに印《しる》されていた×印《ばつじるし》が目《め》の前《まえ》に浮《う》かぶ。

愛美術館《あいびじゅつかん》のラファエロは贋作《がんさく》だという話《はなし》を聞《き》いたのは、夏《なつ》の真《ま》っ盛《さか》りだった。

そのホンモノはヨーロッパのどこかにあるというので、フィレンツェ、ローマ、パリと歩《ある》いたが、結《けっ》局日本《きょくにほん》にあるということで、むなしく帰《かえ》ってきた。

しかし、日本《にほん》には帰《かえ》ってきたものの、どこにあるか見当《けんとう》もつかない。

そこで、もう一度愛美術館《いちどあいびじゅつかん》に行《い》き、あの絵《え》を見《み》てから出直《でなお》そうと思《おも》った矢先《やさき》、その絵《え》が盗《ぬす》まれてしまった。

これがただの偶然《ぐうぜん》の一致《いっち》であってたまるか。しかも、その夜館長《よるかんちょう》はいなかったというではないか。

矢場《やば》の大好《だいす》きな、体中《からだじゅう》の血《ち》がわきかえるような感覚《かんかく》がやってきた。

こんどこそ、あの絵《え》を追《お》いつめてみせるぞ。

車《くるま》が迎《むか》えにやってきたのは午前《ごぜん》四時《じ》二十分《ぶん》だった。

「三ヶ日《みっかび》まで東名《とうめい》で二百五十キロだから、この時間《じかん》だと三時間半《じかんはん》みれば十分《じゅうぶん》かな?」

「もっと早《はや》く着《つ》くでしょう」

運転手《うんてんしゅ》は自信《じしん》ありそうだった。

「八時《じ》には館長《かんちょう》に会《あ》えますよ」

カメラマンの水谷《みずたに》が言《い》った。

「帰《かえ》っていればな」

館長《かんちょう》の小林《こばやし》は大学《だいがく》の美学科《びがくか》を出《で》たあと、美術評論家《びじゅつひょうろんか》をやり、オーナーの愛川《あいかわ》に請《こ》われて館長《かんちょう》になったと聞《き》いている。

愛川要蔵《あいかわようぞう》は不動産取《ふどうさんと》り引《ひ》きで大《おお》もうけをし、その資産《しさん》は数百億《すうひゃくおく》といわれている。美術館《びじゅつかん》をつくったのも美術《びじゅつ》が好《す》きというよりは、節税対策《せつぜいたいさく》だといううわさもある。

別《べつ》のうわさによると、愛川《あいかわ》の絵《え》の買《か》い付《つ》けは全部小林《ぜんぶこばやし》の指導《しどう》でやっているとも言《い》われているから、ただの美術評論家《びじゅつひょうろんか》ではなさそうだ。

画商《がしょう》の間《あいだ》でもかなり顔《かお》が利《き》くはずだ。

もしかすると、表《おもて》と裏《うら》と別々《べつべつ》の顔《かお》を持《も》っている男《おとこ》かもしれない。

それなら、ニセモノの絵《え》を盗《ぬす》ませて、保険金《ほけんきん》を受《う》けとり、さらにニセモノのうわさも打《う》ち消《け》すという強引《ごういん》な手《て》を考《かんが》えても、おかしくないという気《き》もする。

はたして、館長《かんちょう》の一存《いちぞん》でやったのか、それともオーナーが指示《しじ》してやらせたのか。

これまで、転《ころ》んでもただでは起《お》きないという男《おとこ》である。その可能性《かのうせい》もないとは言《い》えない気《き》がする。

隣《となり》で水谷《みずたに》はぐっすり眠《ねむ》っているが、矢場《やば》はますます目《め》が冴《さ》えて、眠《ねむ》るどころではなかった。

三ヶ日《みっかび》はみかんの産地《さんち》である。三ヶ日《みっかび》インターを出《で》ると、みかん山《やま》がつらなっている。その山肌《やまはだ》が黄《き》色《いろ》く色《いろ》づきはじめるのは、もう少《すこ》しあとだ。

しかし、もうワセのみかんは出荷《しゅっか》されているはずだ。

愛美術館《あいびじゅつかん》は、インターから五分《ふん》ほど走《はし》った浜名湖畔《はまなこはん》に建《た》っている。

矢場《やば》が着《つ》くと、すでに地元《じもと》のテレビ局《きょく》の車《くるま》が数台駐《すうだいと》まっていた。

この連中《れんちゅう》は、十億円《おくえん》の絵《え》が盗《ぬす》まれたということだけのために来《き》ているはずだ。それだけに、どの顔《かお》ものんびりしている。

「館長《かんちょう》は帰《かえ》ってきたの？」

矢場《やば》は、名古屋《なごや》のネット局《きょく》の車《くるま》を見《み》つけると、キー局《きょく》と自分《じぶん》の名前《なまえ》を言《い》った。

「ついさっき帰《かえ》ってきました。東京《とうきょう》からわざわざ来《き》たんですか？」

若《わか》い記者《きしゃ》がおどろいた顔《かお》で矢場《やば》を見《み》た。

「おれのほうは、最近《さいきん》の高額絵画《こうがくかいが》を追《お》いかけているんで、この絵《え》を買《か》ったときにも一度《いちど》来《き》ているんだ」

「そうですか、ぼくはまだ一度《いちど》も見《み》たことがありませんでした。すごい絵《え》ですか？」

「すごいというより古《ふる》い絵《え》だよ。これが十億《おく》かという代物《しろもの》さ。館長《かんちょう》、どこへ行《い》ってたの？」

「東京《とうきょう》ですよ。電話《でんわ》でびっくりして帰《かえ》ってきたって言《い》っていました。つい三十分《ぶん》ほど前《まえ》ですよ」

「じゃあ、おれとほとんど同《おな》じじゃないか。記者会見《きしゃかいけん》はいつからやるの？」

「もうすぐやるでしょう。こっちは早《はや》く帰《かえ》れってせっつかれていますから」

「警報《けいほう》が鳴《な》ったのは何時《なんじ》？」

「午前《ごぜん》0時半《じはん》だそうです」

「警備員《けいびいん》が到着《とうちゃく》したのは？」

「午前《ごぜん》一時《じ》です」

「なんだ、三十分《ぷん》もかかっているのか」

「会社《かいしゃ》は浜松《はままつ》ですから、夜中《よなか》でもそれくらいはかかりますよ」

「どうやって忍《しの》びこんだの？」

「忍《しの》びこんだなんてもんじゃありません。鉄《てつ》のドアの錠《じょう》をバーナーで焼《や》き切《き》って侵入《しんにゅう》したんです」

「それはずいぶん荒《あら》っぽいやり方《かた》だな。宿直《しゅくちょく》はいないのかい？」

「館長《かんちょう》が宿直《しゅくちょく》みたいなものです。絶対《ぜったい》あかないドアというのが売《う》りものだったんですが、警報器《けいほうき》が鳴《な》ってもかまわずに焼《や》き切《き》っちゃうんですから、警備員《けいびいん》のやってくる時間《じかん》を計算《けいさん》したプロのしわざだと警察《けいさつ》も言《い》っています」

「美術品泥棒《びじゅつひんどろぼう》のプロなんて、日本《にほん》にはいないよ。ヨーロッパなら盗品《とうひん》でも買《か》いとってくれる市場《しじょう》があるが、日本《にほん》にはそんなものはありゃしない」

「そうですか。じゃあ盗《ぬす》んでもむだですか？」

「そうではない。保険会社《ほけんがいしゃ》に買《か》いとらせるのさ」

「保険会社《ほけんがいしゃ》に？」

記者《きしゃ》はけげんな顔《かお》をした。

「おそらくあの絵《え》には保険《ほけん》がかかっているはずだ。その額《がく》を仮《かり》に十億《おく》としよう。盗《ぬす》まれれば、保険会社《ほけんがいしゃ》は十億《おく》を払《はら》わなければならない。だから美術館側《びじゅつかんがわ》の被害額《ひがいがく》はなしですむという計算《けいさん》だ」

「なるほど、そうなっているんですか？」

「そこで盗《ぬす》んだやつは保険会社《ほけんがいしゃ》に七億《おく》で絵《え》を買《か》いとらせるとする。実際《じっさい》はもっと安《やす》いだろうが、仮《かり》に七億《おく》としても、保険会社《ほけんがいしゃ》の被害《ひがい》は七億《おく》ですむから、実際払《じっさいはら》うより三億安《おくやす》い計算《けいさん》だ」

「それはいい手《て》ですね」

「日本《にほん》では聞《き》いたことないが、ヨーロッパでは常識《じょうしき》になっているそうだ」

「いいことを勉強《べんきょう》しました」

——ただし、それがニセモノだとわかったらどうなるのだ？

矢場《やば》は、それを館長《かんちょう》にきいてやりたい衝動《しょうどう》をおぼえた。

「館長《かんちょう》の記者会見《きしゃかいけん》がはじまるそうです」

美術館《びじゅつかん》のほうで、そうどなる声《こえ》がした。

その日《ひ》の朝《あさ》、英治《えいじ》は相原《あいはら》の電話《でんわ》で目《め》をさました。

「早《はや》く起《お》きてテレビを見《み》ろ。愛美術館《あいびじゅつかん》から例《れい》の絵《え》が盗《ぬす》まれたぞ」

相原《あいはら》の声《こえ》は興奮《こうふん》している。電話《でんわ》を途中《とちゅう》にしてテレビをつけたが、もうどこもやっていなかった。

「矢場《やば》さん、きょう行《い》くことになっていたんだよな」

「運《うん》がわるいよ、まったく」

「あの人《ひと》、だいたいついてねえんだよ」

英治《えいじ》が思《おも》いだす矢場《やば》は、ものごとが順調《じゅんちょう》にいったためしがない。

「きっと矢場《やば》さんから電話《でんわ》が入《はい》ると思《おも》うから切《き》るぜ。つづきは学校《がっこう》で聞《き》かせてやるからな」

相原《あいはら》は電話《でんわ》を切《き》った。

「朝《あさ》から何《なに》をばたばた騒《さわ》いでるの？」

詩乃《しの》は……機嫌《きげん》がわるい。

「ちょっと、やぼ用《よう》でね」

「また何《なに》かやってるんでしょう？」

「別《べつ》に……」

「この間《あいだ》のテスト、結果《けっか》はわかったんでしょう？」

「うん」

「何《なに》も言《い》わないところをみると、よくなかったのね」

低気圧《ていきあつ》はだんだん接近《せっきん》してくる。間《ま》もなく台風《たいふう》になるのはまちがいない。

「そうでもないけど、まあまあだったから言《い》わなかっただけ」

「先生《せんせい》になんて言《い》われたの?」

「いまの成績《せいせき》だと、N《エヌ》高《こう》に入《はい》るのは五分五分《ごぶごぶ》だって」

「だめじゃないの。それじゃ入《はい》るか落《お》ちるかわからないってことでしょう?」

「落《お》ちるほうが多《おお》いわけじゃない。もうちょっとがんばれば入《はい》れるんだから、わるいことじゃないと思《おも》うけどな」

「あまい、あまい。世《よ》の中《なか》そううまくはいきませんからね」

「来年《らいねん》の三月《がつ》になったら、ちゃんと喜《よろこ》ばせてあげるから、まあまかせてくれよ」

英治《えいじ》は、詩乃《しの》の背中《せなか》をぽんとたたいた。

「ごまかそうったって、そうはいきませんからね。こんやから十二時前《じまえ》に寝《ね》ちゃだめよ」

「そのくらいはやってるよ。いまの電話《でんわ》は勉強《べんきょう》の息《いき》ぬきさ」

詩乃《しの》は、勉強《べんきょう》をしろとは言《い》うがあまりうるさいほうではない。みんなの母親《ははおや》のことをきいてみると、まあいいほうの部類《ぶるい》に入《はい》るのかもしれない。

学校《がっこう》に行《い》くと、天野《あまの》が朝《あさ》のテレビを見《み》たと言《い》って、興奮《こうふん》してしゃべっている。

「……たった一枚《まい》で十億円《おくえん》だぜ。警察《けいさつ》はプロの手口《てぐち》と見《み》ているらしい」

「そんな絵《え》かっぱらったって、買《か》うやついるのかよ」

日比野《ひびの》もすっかり興奮《こうふん》している。

「いねえだろう。買《か》ったことがばれたら警察《けいさつ》に持《も》ってかれちゃうもん」

柿沼《かきぬま》が言《い》った。

「じゃあどうするんだ？　盗《ぬす》んだってなんにもなんねえじゃんか」

立石《たていし》だ。すると中尾《なかお》が、

「そういう高《たか》い絵《え》は保険《ほけん》がかかってるから、盗《と》られたって痛《いた》くもかゆくもないんだ」

「へえ、そんなことになってんのか」

日比野《ひびの》が大《おお》げさにおどろいてみせる。相原《あいはら》が英治《えいじ》のそばにやってきた。

「矢場《やば》さんから連絡《れんらく》はなかった。きっと夜中《よなか》に家《いえ》を出《で》て、現地《げんち》に取材《しゅざい》に行《い》ったんだろう」

「矢場《やば》さん、あまりの偶然《ぐうぜん》の一致《いっち》におどろいてるだろうな」

「そりゃ、そうだろう。いまの中尾《なかお》の話《はなし》聞《き》いたか？」

「絵《え》に保険《ほけん》がかかっているっていう話《はなし》か？」

「そうだよ。いいか、もしあの絵《え》がニセモノだったらどうする？」

「ニセモノだってわかったわけじゃないんだから、保険金《ほけんきん》はもらえるんだろう」

「そうさ。そのうえ絵《え》がなくなっちゃったんだから、もうだれからもニセモノを買《か》ったって言《い》われないってわけだ」

「そうかあ」

英治《えいじ》は、体《からだ》に大《おお》きな空洞《くうどう》があいて、風《かぜ》が吹《ふ》きぬけていくような感《かん》じだった。

「この事件《じけん》。すごく変《へん》だと思《おも》わねえか？」

「思《おも》う。これはただの泥棒《どろぼう》じゃねえな」

「プロの手口《てぐち》だって言《い》うところをみると、美術品専門《びじゅつひんせんもん》のプロがいるのかもしれねえぞ」

「日本《にほん》にそんなやつがいるのか？」

「日本《にほん》にはいねえよ。もしかしたらあの連中《れんちゅう》かもよ」

「そうか、だから美術館《びじゅつかん》っていう縫《ぬ》いとりがヴィットリオのT《ティー》シャツにしてあったのか？」

「そうかもな」

相原《あいはら》は、窓《まど》の外《そと》に目《め》を向《む》けたまま、何《なに》か別《べつ》のことを考《かんが》えている気《き》のない返事《へんじ》をした。

「やったのは大沢《おおさわ》の仲間《なかま》かな？」

「あいつたちではないと思《おも》う。だって、やつらはきょう院長《いんちょう》の息子《むすこ》を誘拐《ゆうかい》して、絵《え》を売《う》りつけるんだぜ。その前《まえ》にそんなヤバイことはやらねえよ。やるなら、あした╌ただってかまわねえんだから」

「そうだな。それは言《い》える。すると、もう一つ別《べつ》のグループが来《き》てるのか？　そっちのほうが大物《おおもの》だったりして」

「案外《あんがい》、菊地《きくち》の言《い》うことがあたってるかもよ」

「なんだか、おもしろいことになってきたぜ」

柿沼《かきぬま》はひとりで喜《よろこ》んでいる。

五章《しょう》　救出大作戦《きゅうしゅつだいさくせん》

1

瀬川《せがわ》は、朝《あさ》から大沢《おおさわ》の電話《でんわ》を待《ま》っていた。午前《ごぜん》九時《じ》、やっと待望《たいぼう》の電話《でんわ》がかかってきた。

『きょう、予定《よてい》どおりにやるぞ』

大沢《おおさわ》の声《こえ》は、少《すこ》し緊張《きんちょう》しているように聞《き》こえた。

「うまくやれよ」

『オーケー。じゃあ、あとで電話《でんわ》する』

「ちょっと待《ま》て。けさのテレビで見《み》たが、愛美術館《あいびじゅつかん》のラファエロをやったのはおまえたちか？」

瀬川《せがわ》は、そのことがずっと気《き》になっていた。

『おれたちじゃねえ』

「じゃあだれだ？」

『そんなことは知《し》らねえ。おれたちはあんなけちなまねはしねえ』

「そうか、おまえの言葉《ことば》を信《しん》じよう」

電話《でんわ》を切《き》ってから、ばかなことを言《い》ったものだと、自分《じぶん》ながら苦笑《くしょう》した。

午前《ごぜん》十時《じ》過《す》ぎに、矢場《やば》から電話《でんわ》がかかってきた。

『そちらの様子《ようす》はどうですか?』

矢場《やば》の声《こえ》は元気《げんき》だ。

「九時《じ》に大沢《おおさわ》から電話《でんわ》があった。きょうやるそうだ」

『うまくやれるのかな?』

「子《こ》どもの写真《しゃしん》はわたしたし、下見《したみ》も何度《なんど》もやったようだからだいじょうぶだろう」

『こっちの絵《え》のことは、なにか言《い》っていましたか?』

「自分《じぶん》たちではないと言《い》っとった。おまえの言葉《ことば》を信《しん》じようと言《い》ってみたが、われながらおかしくなった」

『ぼくはいま愛美術館《あいびじゅつかん》にいますが、間《ま》もなく東京《とうきょう》へ帰《かえ》ります。そうしたらくわしく話《はなし》をします。おもしろい話《はなし》がいっぱいありますよ』

瀬川《せがわ》はもう少《すこ》し話《はな》したかったが、矢場《やば》は電話《でんわ》を切《き》ってしまった。

あと四時間《じかんま》待たねばならない。

年《とし》を取《と》ると短気《たんき》になって、がまんすることに耐《た》えられない。これは残《のこ》り時間《じかん》が少《すく》なくなったからかもしれない。

この四時間《じかん》をどうやって過《す》ごせばいいかわからないので、荒井神経科《あらいしんけいか》に行《い》って看護師《かんごし》の優子《ゆうこ》にでも会《あ》ってこようと思《おも》った。

荒井神経科《あらいしんけいか》に出《で》かけると、優子《ゆうこ》がきびきびと忙《いそが》しそうに働《はたら》いていた。その姿《すがた》もまたいい。

「あら、おじいちゃんどこか悪《わる》いの？」

と、優子《ゆうこ》がそばに寄《よ》ってきて言《い》った。

「また、頭《あたま》の調子《ちょうし》がおかしくなった」

「ほんとう？　じゃあテストするわよ。正直《しょうじき》に答《こた》えて。一〇〇－七は？」

「九三」

「はい、では九三－七は？」

「八五」

「正直《しょうじき》に答《こた》えなくちゃだめよ」

「八六だった」

「八六－七は？」

「七七」

「もう、わざとでたらめ言《い》うんだから」

「うそつき病《びょう》という頭《あたま》の病気《びょうき》もあるんじゃないかい？」

「院長先生《いんちょうせんせい》に聞《き》いてくるわ」

「院長先生《いんちょうせんせい》には言《い》わなくていい。入院《にゅういん》させられると怖《こわ》いからな」

「じゃあ、お薬《くすり》をあげましょうか？」

「薬《くすり》はいらん。暇《ひま》つぶしにやってきたんだよ」

瀬川《せがわ》は、優子《ゆうこ》に片目《かため》をつぶってみせた。

「それに、あんたにも会《あ》いたかったしな」

「もう……。重症《じゅうしょう》だわ」

優子《ゆうこ》は笑《わら》いながら行《い》ってしまった。

瀬川《せがわ》は、病院《びょういん》でしばらく時間《じかん》をつぶしたと思《おも》ったが、永楽荘《えいらくそう》に帰《かえ》ってみると、まだ二時間《じかん》しかたっていなかった。こんなとき、さよがいてくれると雑談《ざつだん》して難《なん》なく時間《じかん》が過《す》ごせるのだが、ひとりというのはどうしてこう時間《じかん》の進《すす》み方《かた》がおそいのだろう。

矢場《やば》の電話《でんわ》があったのは、正確《せいかく》に四時間後《じかんご》だった。

「待《ま》ってたよ」

つい、本音《ほんね》が出《で》てしまったが、最近《さいきん》は、じつの息子《むすこ》より矢場《やば》のほうがほんとうの息子《むすこ》みたいに思《おも》えてしかたない。

『ちょっと仕事《しごと》の打《う》ち合《あ》わせをしていたので、おくれてすみません』

こういう、こまやかな心《こころ》づかいが胸《むね》にぐっとくるのだ。

「館長《かんちょう》は東京《とうきょう》にいて、美術館《びじゅつかん》にはいなかったんだって？」

『なぜそうなのか、みんなが質問《しつもん》したんですが、館長《かんちょう》の答《こた》えはこうでした。出張《しゅっちょう》は、三日前《みっかまえ》オーナーの愛《あい》川《かわ》に呼《よ》ばれて上京《じょうきょう》した。その晩《ばん》は愛川《あいかわ》と会食《かいしょく》し、そのあとは京王《けいおう》プラザに泊《と》まったというものでした』

「オーナーと会食《かいしょく》していたんでは、文句《もんく》を言《い》われる筋合《すじあ》いはないということか」

『そういう態度《たいど》でしたね。宿直《しゅくちょく》がいなかったということに関《かん》しても、たとえいたとしても、相手《あいて》の数《かず》が多《おお》ければ抵抗《ていこう》できるわけではない。せいぜい防犯《ぼうはん》ベルを鳴《な》らすぐらいが関《せき》の山《やま》だと開《ひら》き直《なお》っていました』

「防犯設備《ぼうはんせつび》は？」

『侵入《しんにゅう》は不可能《ふかのう》なはずだったが、バーナーで焼《や》き切《き》るという手荒《てあら》なことをするとは考《かんが》えていなかった。警備会社《けいびがいしゃ》には侵入《しんにゅう》と同時《どうじ》に通報《つうほう》され、直《ただ》ちに警備員《けいびいん》が駆《か》けつけたのだが、浜松《はままつ》からだと、そこまで最低《さいてい》三十分《ぶん》はかかる。その間《あいだ》に絵《え》を盗《ぬす》まれてしまったということです。こんな防犯設備《ぼうはんせつび》なら、あっても意味《いみ》ないじゃないかと突《つ》っこんだのですが、こんな事態《じたい》は予期《よき》しなかったと言《い》われておしまいです』

「犯人《はんにん》は一人《ひとり》かね、それとも複数《ふくすう》かね？」

『この手際《てぎわ》のよさから、グループの疑《うたが》いが濃《こ》い。これは警察《けいさつ》の見解《けんかい》です』

「絵《え》は美術館《びじゅつかん》のどこに置《お》いてあったのかね？」

『あさってから一般公開《いっぱんこうかい》するため展示室《てんじしつ》に置《お》いておいたそうです』

「すると犯人《はんにん》は、そのことも、警備員《けいびいん》が駆《か》けつけるのに三十分《ぷん》かかることも、みんな承知《しょうち》のうえの犯行《はんこう》というわけかね？」

『警察《けいさつ》の見解《けんかい》も、緻密《ちみつ》に計算《けいさん》された計画的《けいかくてき》な犯行《はんこう》と見《み》ています』

「どうもにおうね」

『鼻《はな》をつまみたいくらいにおいますよ』

「保険金《ほけんきん》はいくらかかっていたんだね？」

『十億《おく》だそうです。それも一か月半前《げっはんまえ》にかけたばかりだそうです』

「一か月半前《げっはんまえ》といえば、ちょうどニセモノのうわさをきみが嗅《か》ぎつけたときじゃないか？」

『そうです。これもまたにおいます』

「ニセモノではないかときいた者《もの》はいるかね？」

『いません。私《わたし》もみんなのまえでは、あえて質問《しつもん》しませんでした』

「それは賢明《けんめい》だったね」

『私《わたし》がパリののみの市《いち》で会《あ》った男《おとこ》は、ヴィットリオにきけと言《い》いました。ヴィットリオは〝美術館《びじゅつかん》〟の縫《ぬ》いとりのあるT《ティー》シャツを着《き》ていました』

「それは盗難《とうなん》のことを指《さ》しているのかね？」

『そうではないという気《き》がしてならないのです』

「では何《なに》かね？」

『それがわからないんですよ』

「では、別《べつ》のグループが日本《にほん》にやってきたのかね？」

『盗《ぬす》むグループと、それを売《う》り歩《ある》くグループとは別々《べつべつ》なんじゃないでしょうか。もちろん根《ね》は通《つう》じていると思《おも》いますが』

「すると、盗《ぬす》まれたあの絵《え》は、間《ま》もなく、いやきょうにも大沢《おおさわ》たちのところにあらわれているかもしれないね」

『それは十分考《じゅうぶんかんが》えられることです』

「両方《りょうほう》のグループをまとめてマフィアが仕切《しき》っているとしたら、これは恐《おそ》ろしい存在《そんざい》だ」

『これくらいのことは、向《む》こうでは日常茶飯事《にちじょうさはんじ》に起《お》こっていますよ』

「ラファエロのホンモノは日本《にほん》にあると言《い》ったな？」

『ええ、だから帰《かえ》ってきたんです』

「その手《て》がかりは美術館《びじゅつかん》か？」

『そうです』

「すると、日本《にほん》のどこかの美術館《びじゅつかん》にラファエロがあるということになるじゃないか？」

『そういうことになりますが、少《すく》なくとも公共《こうきょう》の美術館《びじゅつかん》にはないと思《おも》います。あれば公表《こうひょう》しています』

「それはそうだ。すると個人《こじん》がひそかに所有《しょゆう》しているということも考《かんが》えられるかね？」

『公表《こうひょう》すると相続税《そうぞくぜい》の対象《たいしょう》になりますからね。こういうことも考《かんが》えられると思《おも》うんです。いつか知《し》らないが、ラファエロを購入《こうにゅう》した金持《かねも》ちが、それを精巧《せいこう》に模写《もしゃ》させる』

「その絵《え》が愛美術館《あいびじゅつかん》に流《なが》れたというのかね？」

『それが故意《こい》か、それとも事故《じこ》かはわかりませんが、その贋作《がんさく》が一人歩《ひとりある》きしてしまったのです』

「ホンモノはこっちだと言《い》えばいいじゃないか」

『言《い》えば、莫大《ばくだい》な税金《ぜいきん》の対象《たいしょう》になります』

「そうか、ホンモノを持《も》っていながら、ホンモノと言《い》えないってわけか。これはおもしろい」

『ホンモノのほうをニセモノにすれば相続税《そうぞくぜい》の対象《たいしょう》にはなりません』

「なるほど。そしてあとで、こっちがホンモノだと言《い》えばいいわけだ」

『瀬川《せがわ》さん、頭《あたま》のぐあいはいいですね。その調子《ちょうし》ならまだまだいけますよ』

矢場《やば》に言《い》われて、瀬川《せがわ》は調子《ちょうし》にのってきた。

「こういうことも考《かんが》えられるぞ。きみがいま、ホンモノは別《べつ》にあるなんて騒《さわ》ぎたてると、非常《ひじょう》に困《こま》ったことになる」

『だから脅《おど》したのかも知《し》れません』

「見《み》えてきたじゃないか、何《なに》かが？」

『ええ、ほんのちょっと』

2

「院長《いんちょう》、お電話《でんわ》です」

看護師《かんごし》が受話器《じゅわき》を持《も》ったまま言《い》った。

「だれからだ？」

「名前《なまえ》はおっしゃいません。話《はな》せばわかると言《い》っておられます」

受話器《じゅわき》を取《と》って、「荒井《あらい》ですが」と言《い》った。

『おれは、そちらにあずかってもらっているヴィットリオの叔父《おじ》だよ』

「そういう方《かた》はこちらに入院《にゅういん》していらっしゃいませんが、どういうご用件《ようけん》でしょうか」

『そうかい、それならそれでいいが、三〇五号室《ごうしつ》の患者《かんじゃ》をわたしてもらいたい』

荒井《あらい》は、男《おとこ》がなんのために電話《でんわ》をしてきたのか判断《はんだん》に苦《くる》しんだ。

「あなたは、患者《かんじゃ》さんのお父《とう》さんですか？」

『いや、叔父《おじ》だ』

「そういうことは規則《きそく》でできないことになっております」

『できなくてもやってもらう』

「悪《わる》ふざけもいいかげんにしたまえ」

院長《いんちょう》は、送話口《そうわぐち》に向《む》かって大声《おおごえ》を出《だ》した。

『ずいぶん元気《げんき》がいいな。よし、おまえさんがわたさないなら、おれもわたさない。これでお相子《あいこ》ってわけだ。あばよ』

男《おとこ》は、いきなり電話《でんわ》を切《き》ってしまった。

おかしな電話《でんわ》だろうと思《おも》って、別《べつ》に気《き》にもとめなかった。

それから一時間《じかん》ほどして、妻《つま》の美佐《みさ》から電話《でんわ》がかかってきた。

『あなた、たいへん。久弥《ひさや》が誘拐《ゆうかい》されたらしいわ』

「誘拐《ゆうかい》だって？　きみは夢《ゆめ》でも見《み》ていたんじゃないのか。いまこっちは忙《いそが》しいんだ」

『夢《ゆめ》なんか見《み》ちゃいません。いま電話《でんわ》があったんですよ、犯人《はんにん》から』

「男《おとこ》か女《おんな》か？」

『男《おとこ》です。おたくの息子《むすこ》を誘拐《ゆうかい》したって。あとで電話《でんわ》するが、それまでに警察《けいさつ》に通報《つうほう》したら、耳《みみ》を切《き》りおとしてそっちへ送《おく》るって』

「そういえば、さっきここにも変《へん》な電話《でんわ》があった。おまえがわたさなければ、こっちもわたさないって」

『なんのこと？　わたすとかわたさないとかって』

「三〇五号室《ごうしつ》の患者《かんじゃ》だ。これを引《ひ》きわたせと言《い》っている」

『その部屋《へや》にどんな患者《かんじゃ》が入《はい》っているの？』

「ただの中学生《ちゅうがくせい》だ。不登校《ふとうこう》で困《こま》るからというので入院《にゅういん》させた」

『その患者《かんじゃ》とうちの久弥《ひさや》とどういう関係《かんけい》があるの？』

美佐《みさ》の声《こえ》が昂《たかぶ》ってきた。

「そんなことは知《し》らん」

『その男《おとこ》だわ、きっと。こんどかかってきたらわたすって言《い》って』

「患者《かんじゃ》を素性《すじょう》もわからない人物《じんぶつ》にわたすわけにはいかん」

『でも、久弥《ひさや》の命《いのち》がかかっているのよ』

「あんまり興奮《こうふん》するな。そのうち帰《かえ》ってくる」

荒井《あらい》は一方的《いっぽうてき》に電話《でんわ》を切《き》ってから、このごろ美佐《みさ》が大《たい》したことでもないのに、すぐかっとなるのは更《こう》年期《ねんき》のせいかもしれないと思《おも》った。

美佐《みさ》の電話《でんわ》があってから三十分《ぷんご》後に、またさっきの男《おとこ》から電話《でんわ》があった。

『奥《おく》さんから話《はなし》を聞《き》いたか？』

「聞《き》いた。条件《じょうけん》を言《い》いたまえ」

『おれたちは誘拐犯《ゆうかいはん》じゃないから身代金《みのしろきん》は要求《ようきゅう》しない。そのかわり絵《え》を買《か》ってもらいたい』

「絵《え》？　だれの絵《え》だ？」

『ピカソだ』

「どうせインチキだろう？」

『ホンモノだ。まちがいない』

「値段《ねだん》はいくらだ？」

『一億円《おくえん》だ』

「そんな金《かね》はない」

『手《て》もとになくても、銀行《ぎんこう》に行《い》けばあるだろう』

「すぐには出《だ》せん」

『では、できるまで息子《むすこ》をこちらに預《あず》かっておく』

「きみたちは、そんな無茶《むちゃ》なことをやって、それで通《とお》ると思《おも》っているのか？」

『えらそうな口《くち》をきくな。息子《むすこ》の命《いのち》はこっちの手《て》の中《なか》にあるんだ』

「息子《むすこ》は、ほんとうに生《い》きているんだろうな？」

『生《い》きている』

「証拠《しょうこ》があるか？」

『いま声《こえ》を聞《き》かせる。しゃべれ』

『パパ』

久弥《ひさや》の声《こえ》にかわった。

「久弥《ひさや》か？」

『そうだよ。どじしちゃった。ごめん』

「おまえの責任《せきにん》じゃない。ひどい目《め》にあわされたか？」

『ひどい目《め》にはあわされてない。だけど警察《けいさつ》に話《はな》したら、耳《みみ》を切《き》りおとすと言《い》ってるから、絶対言《ぜったいい》っちゃだめだよ、やつらはマフィアだからね』

「よし、警察《けいさつ》には言《い》わん。一億円《おくえん》で絵《え》を買《か》えというから買《か》うことにする。安心《あんしん》して待《ま》っていろ」

また、例《れい》の男《おとこ》にかわった。

『さすがだ。しかし、あんたはこの取《と》り引《ひ》きで絶対損《ぜったいそん》はしない。来年《らいねん》にはまちがいなく三億《おく》で売《う》れる』

「そんな話《はなし》が信《しん》じられると思《おも》うか」

『信《しん》じたくなければ信《しん》じなくていい。ふつうならこんな取《と》り引《ひ》きはしないのだが、急《きゅう》に金《かね》が必要《ひつよう》になったから、しかたなしにやるんだ。あんたは運《うん》のいい男《おとこ》だよ』

息子《むすこ》を誘拐《ゆうかい》されて、犯人《はんにん》から運《うん》のいい男《おとこ》だと言《い》われるのは、世界《せかい》でもはじめてではないだろうか。

まったく、変《へん》な犯人《はんにん》だ。

『では、あすの午後《ごご》七時《じ》、荒川河川敷《あらかわかせんしき》の橋《はし》の下《した》に三〇五号室《ごうしつ》の患者《かんじゃ》を連《つ》れてこい。こちらは息子《むすこ》を連《つ》れていって見《み》せてやる』

「見《み》せるだけか？」

『絵《え》の代金《だいきん》を受《う》けとったら、息子《むすこ》に絵《え》を持《も》たせて返《かえ》す。それ以外《いがい》の取《と》り引《ひ》きには応《おう》じない』

「わかった。言《い》われたとおりにする」

男《おとこ》は電話《でんわ》を切《き》った。

荒井《あらい》は、男《おとこ》との話《はなし》のいきさつを妻《つま》の美佐《みさ》に電話《でんわ》した。

『よかったわ。きっと向《む》こうは急《きゅう》にお金《かね》が必要《ひつよう》になって誘拐《ゆうかい》を思《おも》いついたのよ』

「一億《おく》くらい、何《なに》も誘拐《ゆうかい》しなくたって出《だ》したのに」

『その絵《え》、きっとホンモノよ。あなたは運《うん》のいい人《ひと》だから、来年《らいねん》にはほんとうに三倍《ばい》になるかもしれないわ。そうしたら私《わたし》にもプレゼントして』

美佐《みさ》はすぐに悲観《ひかん》したかと思《おも》うと、手《て》のひらを返《かえ》したように楽観的《らっかんてき》になる。一度《いちど》調《しら》べたほうがいいかもしれない。

『もしもしおじいちゃん？　私優子《わたしゆうこ》、いま公衆電話《こうしゅうでんわ》からかけているの』

声《こえ》が興奮《こうふん》しているので瀬川《せがわ》はぴんときた。

「何《なに》かあったのかい?」

『何《なに》かあったじゃないわよ。院長《いんちょう》のひとり息子《むすこ》が誘拐《ゆうかい》されたの!』

「へえ、それはたいへんだ。身代金《みのしろきん》の要求《ようきゅう》はあったのかい?」

『それが変《へん》な犯人《はんにん》で、一億円《おくえん》でピカソの絵《え》を買《か》ったら息子《むすこ》を返《かえ》すだって。こんな犯人《はんにん》っている?』

「聞《き》いたことないな。要求《ようきゅう》はそれだけかい?」

『まだあるの。それが三〇五号室《ごうしつ》の患者《かんじゃ》と息子《むすこ》を交換《こうかん》しろだって』

「三〇五号室《ごうしつ》の患者《かんじゃ》ってだれだい?」

『いやねえ、すぐ忘《わす》れちゃうんだから。ほら、おじいちゃんが言《い》った由美子《ゆみこ》っていう女《おんな》の子《こ》よ』

「ああ、あの女《おんな》の子《こ》かい。どうしてまたあの女《おんな》の子《こ》なんだい?」

『それが院長《いんちょう》もわからないって』

「そりゃそうだろう」

瀬川《せがわ》は急《きゅう》におかしくなって笑《わら》いだした。

『あしたの午後《ごご》七時《じ》、荒川河川敷《あらかわかせんしき》の橋《はし》の下《した》に私《わたし》が連《つ》れていくことになっているの』

「きみがかい?」

『ちょっと怖《こわ》い気《き》がするけど、だいじょうぶよね』

「誘拐《ゆうかい》の心配《しんぱい》ならだいじょうぶだよ。きみはお金持《かねも》ちじゃないから」

『そうか、そうよね』

優子《ゆうこ》は明《あか》るい声《こえ》で笑《わら》いだした。

「それがすんだら、また遊《あそ》びにおいで」

『うん、また行《い》くね。じゃあ、バイバイ』

もう少《すこ》ししゃべりたかったのに、電話《でんわ》は、あっという間《ま》に切《き》れてしまった。

――これ以上望《いじょうのぞ》んではいけない。

瀬川《せがわ》は、自分《じぶん》で自分《じぶん》をなぐさめ、それから、気《き》を取《と》りなおして相原《あいはら》に電話《でんわ》することにした。

「もしもし、わしだ」

『あ、瀬川《せがわ》さん。こちらから電話《でんわ》しようと思《おも》ってたところです』

「あすの午後《ごご》七時《じ》、荒川河川敷《あらかわかせんしき》の橋《はし》の下《した》で、由美子《ゆみこ》が解放《かいほう》されるぞ」

『ほんとうですか？』

相原《あいはら》の声《こえ》がはずんだ。近《ちか》ごろ、こういう若《わか》い子《こ》のはずんだ声《こえ》を聞《き》くときだけが楽《たの》しい。

「ほんとうだとも。わしの女《おんな》スパイが報告《ほうこく》してくれたんだ」

『女《おんな》スパイ？』

「そうさ。由美子《ゆみこ》を連《つ》れてくるのも女《おんな》スパイだ。どうだ、わしも大《たい》したものだろう」

『瀬川《せがわ》さんってすごい。見直《みなお》しました』

このところ人《ひと》にほめられたことがないので、鼻《はな》がむずむずしてきた。

「ではあしたの夜《よる》、わしも行《い》く」

『ありがとうございました』

とたんに瀬川《せがわ》は大《おお》きなくしゃみをした。

3

「午後《ごご》六時半《じはん》、河川敷《かせんしき》に集《あつ》まること」

相原《あいはら》の非常呼集《ひじょうこしゅう》は、またたく間《ま》に赤《あか》ずきんと七人《にん》の小人《こびと》たちの出演者《しゅつえんしゃ》につたわった。

英治《えいじ》が六時《じ》二十分《ぷん》に行《い》ったときは、宇野《うの》と純子《じゅんこ》を残《のこ》して、全員《ぜんいん》が集《あつ》まっていた。

「きょうはぶっつけ本番《ほんばん》だから、みんな張《は》りきって頼《たの》むぜ」

相原《あいはら》は、みんなの顔《かお》をひとわたり見《み》て言《い》った。

「観客《かんきゃく》がいないのがちょっと残念《ざんねん》ですね」

柿沼《かきぬま》がポーズをつけて言《い》った。

「それは、学校《がっこう》で再演《さいえん》するときまでおあずけ」

英治《えいじ》は柿沼《かきぬま》の肩《かた》をたたいて言《い》った。

「七時《じ》に、荒井神経科《あらいしんけいか》の看護師《かんごし》さんが由美子《ゆみこ》をつれて橋《はし》の下《した》にやってくる。そのとき、院長《いんちょう》も近《ちか》くにいるはずだ」

「マフィアはどこからやってくるんだ？」

「それはわからん」

「どんなやつか、顔《かお》ぐらいおしえてくれよ」

柿沼《かきぬま》が言《い》った。

「日本人《にほんじん》の男《おとこ》は、やせている。まあ、どこにでもいるタイプだ」

瀬川《せがわ》が言《い》った。

「それじゃぜんぜんじゃんか」

日比野《ひびの》があきれて大声《おおごえ》をあげた。

「わしが知《し》っとるからいい」

「おじいさんじゃ、あんまり、あてにならねえぜ」

柿沼《かきぬま》が言《い》うと、瀬川《せがわ》がじろりとにらんだ。

「こんやのところは、由美子《ゆみこ》を連《つ》れてきて、マフィアが受《う》けとることになっている」

相原《あいはら》が言《い》うと柿沼《かきぬま》が、

「荒井《あらい》んちのガキはわたさねえのか？」

「わたさなくてもいいように話《はなし》をつけてあるそうだ」

「なんだ、つまんねえ」

「しかし、マフィアは三〇五号室《ごうしつ》の患者《かんじゃ》がヴィットリオだと信《しん》じている。そこに由美子《ゆみこ》があらわれたら、裏切《うらぎ》られたと頭《あたま》に来《く》るはずだ。そこで院長《いんちょう》をつるしあげる」

「おれたちの出番《でばん》がねえじゃんか」

柿沼《かきぬま》がむくれている。

「あるさ。いまからみんなに、立石《たていし》がねずみ花火《はなび》とかんしゃく玉《だま》をわたす。最初《さいしょ》の一発《いっぱつ》はおれがやるから、そのあとつづけて火《ひ》をつけて、やつらのまわりに投《な》げてくれ。そのどさくさで由美子《ゆみこ》を奪《うば》うんだ」

「おれはそんなチャチなものはいやだから、打《う》ち上《あ》げをやらせてもらうぜ」

立石《たていし》が言《い》うと、天野《あまの》が、

「おまえできるのか？」

「解放区《かいほうく》の工場《こうじょう》ではまだだったが、あれから修業《しゅぎょう》をつんだからな。もうだいじょうぶさ。しかし、中学《ちゅうがく》生《せい》が上《あ》げると違反《いはん》だから、おもちゃ用《よう》のでかいやつをかためて上《あ》げる。これでもけっこう迫力《はくりょく》あるぜ」

「まあいいだろう。おれにも何《なに》かやらせてくれよ」

「おまえがやることといったら実況《じっきょう》だろう」

「そう言《い》われると思《おも》って、携帯《けいたい》マイクを持《も》ってきたんだ」

天野《あまの》は、スポーツバッグの中《なか》から携帯《けいたい》マイクを取《と》りだした。

「これで実況《じっきょう》をやんのか？」

英治《えいじ》があきれてぽかんとしていると、

「やって、やって。わたし聞《き》きたい」

律子《りつこ》にせがまれて、天野《あまの》はご機嫌《きげん》になった。

「じゃあ、勝手《かって》にやれよ」

「リハーサルやってみろよ。ただしマイクなしだぞ」

相原《あいはら》が言《い》った。

「ご町内《ちょうない》のみなさま、夜分《やぶん》お騒《さわ》がせします。ただいまマフィアがやってまいりました」

律子《りつこ》が腹《はら》をおさえて笑《わら》いだした。

「ヤバイぞおまえ。どてっ腹《ぱら》に風穴《かざあな》あけられても知《し》らねえぞ」

安永《やすなが》がおどかすと、日比野《ひびの》が、

「いいって、いいって。やらせろよ。マイクを持《も》って死《し》にゃ本望《ほんもう》だろうぜ」

「日比野《ひびの》なら、フライパン持《も》って死《し》にたいところだろう」

天野《あまの》も負《ま》けてはいない。

「あなたたちって、いつもこんなことやって遊《あそ》んでたの？」

律子《りつこ》がいつの間《ま》にかやってきていた純子《じゅんこ》に言《い》った。

「そうよ」

「わたしも、もっと前《まえ》から仲間《なかま》に入《い》れてもらえばよかった。損《そん》しちゃったな」

「律子《りつこ》をさそったら、わるいと思《おも》ったからさ」

英治《えいじ》は純子《じゅんこ》に向《む》かって、

「どうしておくれたんだ？」

ときいた。

「お店手《みせて》つだってたのよ」

「純子《じゅんこ》えらいね」

律子《りつこ》にとっては、みんながやること話《はな》すこと、全部新鮮《ぜんぶしんせん》に感《かん》じるらしかった。

「でも仲間《なかま》に入《はい》ってたら、いまの成績《せいせき》は取《と》れなかったかもよ」

「成績《せいせき》なんてどうでもいい。みんながうらやましい」

あたりはだんだん暗《くら》くなってきた。

「連《つ》れてくる場所《ばしょ》は橋《はし》の下《した》だから、みんな適当《てきとう》な場所《ばしょ》に隠《かく》れていてくれ」

みんなが薄暮《はくぼ》の中《なか》に散《ち》っていった。

「安永《やすなが》と久美子《くみこ》は恋人《こいびと》どうしみたいに堤防《ていぼう》の真《ま》ん中《なか》に座《すわ》って、やつらがやってきたら懐中電灯《かいちゅうでんとう》で合図《あいず》してくれ」

相原《あいはら》が言《い》うと安永《やすなが》が、

「それはいいけど、先生《せんせい》に見《み》つかったら始末書《しまつしょ》ものだぜ」

「見《み》つかって始末書《しまつしょ》なんて、いくら書《か》いたっておまえは関係《かんけい》ないだろう」

「おれは関係《かんけい》ないけど、久美子《くみこ》が高校《こうこう》に行《い》けなくなる」

「安永《やすなが》くん、ヤサシーイ」

ひとみが大《おお》きい声《こえ》でひやかした。

「菊地《きくち》、おまえもひとみに何《なに》か言《い》ってやれ。好《す》きなんだろ」

おくれてきた宇野《うの》が脇腹《わきばら》をつついたが、そう言《い》われてもうまい言葉《ことば》が出《で》てくるわけはない。

「だめだなあ。せっかくのチャンスだったのに、チャンスの神《かみ》さまは、頭《あたま》のうしろがはげてるから、うしろからはつかめねえってこと知《し》ってるか？」

「知《し》ってるよ」

ときどきチャンスがあるのに、いつも取《と》り逃《に》がしてばかりいる。このままではひとみとは卒業《そつぎょう》までだめかもしれない。

なんだか暗《くら》い予感《よかん》がしてきた。

「おれ、こんや早《はや》く来《こ》ようと思《おも》ったんだけど、おふくろの監視《かんし》がきびしくておくれちまった。あとでみんなにあやまっておいてくれよな」

宇野《うの》が弁解《べんかい》したが、英治《えいじ》の心《こころ》はひとみのことでいっぱいで、そんなことはどうでもよかった。

秋《あき》の日《ひ》の暮《く》れるのは早《はや》いというが、ついさっき薄暮《はくぼ》だったのが、もう暗《くら》くなっている。

時計《とけい》が七時《じ》一分前《ぶんまえ》になったとき、堤防《ていぼう》で懐中電灯《かいちゅうでんとう》が明滅《めいめつ》した。

「来《く》るぞ」

相原《あいはら》が耳《みみ》もとでささやくと、川《かわ》に石《いし》を放《ほう》った。

小《ちい》さな水音《みずおと》がした。

これが、連中《れんちゅう》のやってくる合図《あいず》なのだ。

英治《えいじ》は姿《すがた》をかくすために、草《くさ》の上《うえ》に仰向《あおむ》けに寝《ね》そべった。

空《そら》が晴《は》れているので、いままで気《き》づかなかった星《ほし》が見《み》えた。

草《くさ》を踏《ふ》む足音《あしおと》がだんだん近《ちか》づいてくる。やがて、英治《えいじ》が寝《ね》ているすぐ脇《わき》を通《とお》っていった。

二人《ふたり》、いや三人《にん》、四人《にん》いるかもしれない。

そのときはじめて虫《むし》が鳴《な》いているのに気《き》づいた。草《くさ》のにおいと土《つち》のにおいがする。

安永《やすなが》と久美子《くみこ》がやってきた。

「由美子《ゆみこ》は二人《ふたり》にまかせたぜ」

「わかった」

安永《やすなが》は相原《あいはら》の手《て》を握《にぎ》ってから、久美子《くみこ》と闇《やみ》の中《なか》に消《き》えた。

「おれたちも行《い》こう」

相原《あいはら》と英治《えいじ》は、草《くさ》の上《うえ》を這《は》って、橋《はし》の下《した》へ近《ちか》づく。

いつ、どこからやってきたのか、突然《とつぜん》すぐ近《ちか》くで男《おとこ》の声《こえ》がした。

「連《つ》れてきたか？」

「はい」

女《おんな》の声《こえ》だ。これが瀬川《せがわ》の言《い》う女《おんな》スパイにちがいない。

男《おとこ》が懐中電灯《かいちゅうでんとう》をつける。

その瞬間《しゅんかん》、かんしゃく玉《だま》が破裂《はれつ》した。相原《あいはら》が投《な》げたのだ。それを合図《あいず》に、つづいて、あたり一面《いちめん》が音《おと》と煙《けむり》につつまれた。

「ご町内《ちょうない》のみなさま」

天野《あまの》の放送《ほうそう》が、やけに明《あか》るい調子《ちょうし》で流《なが》れだした。

「夜分《やぶん》、お騒《さわ》がせしてすみません。こちらは人質交換屋《ひとじちこうかんや》のマフィアのマッちゃんです」

英治《えいじ》は、思《おも》わず吹《ふ》きだしてしまった。

「あいつ、こんなときに、なんてことを言《い》うんだ」

相原《あいはら》も笑《わら》いをおさえきれないらしい。

「みなさん、子《こ》どもの夜遊《よあそ》びと火《ひ》の用心《ようじん》に気《き》をつけましょう」

立石《たていし》の花火《はなび》が上《あ》がった。おもちゃとはいえ、何本《なんぼん》も一緒《いっしょ》に上《あ》げるので、なかなかの迫力《はくりょく》だ。

「ただいまの花火《はなび》は、マフィアのマッちゃんのサービスです。ではただいまから聖者《せいじゃ》が街《まち》にやってくる、じゃないマフィアが街《まち》にやってくるをお送《おく》りします」

携帯《けいたい》マイクからテープの聖者《せいじゃ》の行進《こうしん》が流《なが》れだした。

「さあ、善良《ぜんりょう》な市民《しみん》も、凶悪《きょうあく》なマフィアも手《て》をとり合《あ》って街《まち》を行進《こうしん》しましょう」

「天野《あまの》のやつ、ワル乗《の》りしすぎだぜ、ヤバくないか？」

相原《あいはら》がぼやいた。

「だいじょうぶだって。やつのまわりはロープを張《は》りめぐらしてあるから、やってきても転《ころ》ぶようになってるんだ」

日比野《ひびの》が言《い》った。

「ったく。天野《あまの》のおかげでめちゃくちゃだぜ。もうおれは知《し》らねえぞ」

相原《あいはら》が大《おお》きいため息《いき》をついた。

マフィアも院長《いんちょう》たちも、いつの間《ま》にかいなくなって、子《こ》どもたちだけになった。

安永《やすなが》と久美子《くみこ》が由美子《ゆみこ》を連《つ》れてやってきた。みんなが由美子《ゆみこ》を取《と》りかこんで、「お帰《かえ》りなさーい」と合唱《がっしょう》した。

「みなさん、わたしのためにやってくれたんですか?」

由美子《ゆみこ》がとまどったようにまわりを見《み》る。

「そうだよ」

瀬川《せがわ》が由美子《ゆみこ》の頭《あたま》をかかえた。

「ありがとう」

由美子《ゆみこ》は顔《かお》をしかめて半分《はんぶん》泣《な》いている。

「友《とも》を救《すく》うためならば、親《おや》も先生《せんせい》もだまします、だよな」

安永《やすなが》の得意《とくい》なセリフが出《で》た。

「やった、やったあ」

みんなが肩《かた》を抱《だ》きあって喜《よろこ》んでいる。

「いいなあ。中学《ちゅうがく》に入《はい》って、こんなに感動《かんどう》したのはじめて」

律子《りつこ》は、声《こえ》をふるわせて言《い》った。

「由美子《ゆみこ》、こんやはわたしの家《いえ》においで」

久美子《くみこ》の言《い》い方《かた》、まるで母《かあ》さんそのものだぜ。

4

「おじいちゃん、こんにちは」

優子《ゆうこ》の声《こえ》だ。瀬川《せがわ》は若者《わかもの》みたいに胸《むね》をはずませてドアをあけた。

「よく来《き》てくれたな。きょうはお休《やす》みかい？」

「そうじゃない。お昼《ひる》の休憩《きゅうけい》に抜《ぬ》けてきたのよ。ここでお弁当《べんとう》食《た》べようと思《おも》って」

「そうかい、そうかい」

「おじいちゃんの分《ぶん》も持《も》ってきたわ。ほら、卵焼《たまごや》きと、里芋《さといも》の煮《に》たのと、さけの塩焼《しおや》きとこんぶのつくだ煮《に》」

「これは、わしの大好物《だいこうぶつ》ばかりだ」

優子《ゆうこ》は、さっさとお茶《ちゃ》をいれている。

「きのうはおもしろかったね」

瀬川《せがわ》は、優子《ゆうこ》の背中《せなか》に話《はな》しかけた。

「あの子《こ》どもたちは何《なに》？　突然《とつぜん》どこからともなくあらわれて、花火《はなび》をぱんぱんやるんだもん、どうなっちゃったかと思《おも》ったわ」

「じつは、あの連中《れんちゅう》が由美子《ゆみこ》を奪《うば》いとる計画《けいかく》を立《た》てたのだよ。そこで、わしも一肌脱《ひとはだぬ》いだってわけだ」

「なんだ、じゃあ、おじいちゃんは私《わたし》をだますつもりだったのね」

優子《ゆうこ》の声《こえ》が急《きゅう》に険《けわ》しくなった。

「優子《ゆうこ》、ここへお座《すわ》り。いいかい、誤解《ごかい》しないで聞《き》いてもらいたい」

優子《ゆうこ》はふくれた顔《かお》で座《すわ》った。

「由美子《ゆみこ》って子《こ》は事情《じじょう》があって不登校《ふとうこう》をしているが、決《けっ》して病気《びょうき》ではない。それを病院《びょういん》に入《い》れられてしまったので、彼女《かのじょ》の友《とも》だちたちが、なんとか救《すく》いだそうとわしに相談《そうだん》したのだよ。だから、わしは認知《にんち》症《しょう》をよそおって病院《びょういん》に行《い》ってみた」

「そうしたら、そこに人《ひと》の好《よ》さそうな女《おんな》の子《こ》がいたから、だましたのね」

「わしは、きみを最初《さいしょ》見《み》たときから、いい子《こ》だと思《おも》った。それはばかだとかお人好《ひとよ》しとかいうんじゃなくて、優《やさ》しい心《こころ》を持《も》っている子《こ》だと直感《ちょっかん》したんだ。だからきみと仲良《なかよ》しになりたいと思《おも》った」

「ほんとうにそう思《おも》ったの？」

「ほんとうさ。その証拠《しょうこ》に由美子《ゆみこ》のことをきいたけれど、きみに何《なに》かしてくれと頼《たの》みはしなかっただろう」

「そう言《い》えばそうね。みんな私《わたし》が勝手《かって》にしゃべっちゃったことだものね」

優子《ゆうこ》の機嫌《きげん》が次第《しだい》によくなってきた。

「わしは、きみをだましているような気《き》がして、このあたりがちくちくした」

瀬川《せがわ》は胸《むね》を押《お》さえた。

「ううん。おじいちゃんと会《あ》ってると、なんでもみんな話《はな》したくなっちゃうの。だって、東京《とうきょう》には心《こころ》の内《うち》を話《はな》す人《ひと》っていないんだもの」

「そうかもしれないな。わしはきみと何度《なんど》も会《あ》っているうちに、なんだか自分《じぶん》の孫《まご》みたいにかわいくなってきた。だから、きみにいいおむこさんを世話《せわ》しようと言《い》ったのだよ」

「あれも、うそかと思《おも》ったわ」

「うそなんかじゃ絶対《ぜったい》ない」

「よかった。きのう、あれからたいへんだったわよ」

「そうだろうね」

「病院《びょういん》に帰《かえ》るとすぐ、犯人《はんにん》から院長《いんちょう》に電話《でんわ》がかかってきたの。院長《いんちょう》は、裏切《うらぎ》ったわけではない。これは私《わたし》も予期《よき》しなかったことだと、さかんにあやまっていたから、相手《あいて》はよっぽど怒《おこ》ったにちがいないわ」

「そりゃそうだろう。連《つ》れてきたのが女《おんな》の子《こ》で、それもどこかへ消《き》えてしまったんだから」

「でも、あのふざけた放送《ほうそう》は何《なに》？　人質交換屋《ひとじちこうかんや》のマフィアのマッちゃんがやってきましただって。あれじゃ怒《おこ》るわよ」

優子《ゆうこ》は言《い》ってから思《おも》いだし笑《わら》いをした。

「いたずら好《ず》きの、ふざけた連中《れんちゅう》だからね。あれくらいのことはやるさ」

「みんな、おじいちゃんの知《し》っている子《こ》たち？」

「ああ、よく知《し》ってる。わしの友《とも》だちさ」

「あ、そうそう。由美《ゆみ》ちゃんあれからどこへ行《い》ったの？」

「あの仲間《なかま》の友《とも》だちの家《いえ》に行《い》ったよ」

「きのうの夜《よる》、院長《いんちょう》がかんかんになって、由美《ゆみ》ちゃんの家《いえ》に電話《でんわ》してたわよ。どうしてあんなまねをしたんだって」

「向《む》こうは、もちろん知《し》らないと言《い》っただろうな」

「そりゃそうよね。ほんとうに知《し》らないんだから。でも院長《いんちょう》は、あんたの言《い》うことは信《しん》じられないってどなってたわ」

「だんだん戦争《せんそう》が近《ちか》づいてきたな」

「戦争《せんそう》って何《なに》？」

「由美子《ゆみこ》のお母《かあ》さんとマフィアが相手《あいて》だ」

「マフィアってだれ？」

「イタリアからやってきたギャングさ。それが院長《いんちょう》の息子《むすこ》を誘拐《ゆうかい》したんだ」

「ギャングと戦争《せんそう》するの？」

「あいつらがほしがっているのは、由美子《ゆみこ》ではない。ヴィットリオというイタリアの少年《しょうねん》なんだ」

「その少年《しょうねん》どこにいるの？」

「由美子《ゆみこ》と一緒《いっしょ》にいる」

「絶対《ぜったい》わたさないつもり？」

「わたさないだろう。わたせば少年《しょうねん》は殺《ころ》されるかもしれないし、由美子《ゆみこ》はまた病院《びょういん》に入《い》れられてしまうから」

「そうかあ、私《わたし》もなんだか一緒《いっしょ》に戦《たたか》いたくなったな」

「もし負傷《ふしょう》したとき、看護師《かんごし》が一人《ひとり》くらいいたほうがいいかも知《し》れんな。きいてみてやろうか」

「きいて、きいて。私《わたし》がいたら心強《こころづよ》いよ」

ここにも、まるで子《こ》ども心《ごころ》をなくしていない子《こ》がいる。

そのことで瀬川《せがわ》はうれしくなった。

「そうだ、よその話《はなし》に夢中《むちゅう》になっていて、肝心《かんじん》の話《はなし》を聞《き》くのを忘《わす》れていた。院長《いんちょう》はいつ金《かね》を持《も》っていって、絵《え》と息子《むすこ》を交換《こうかん》するって言《い》ってた？」

「あしたの夜《よる》、帝国《ていこく》ホテルのロビーに金《かね》を持《も》ってこいって言《い》ってたわ」

「ホテルのロビーで交換《こうかん》するとは大胆《だいたん》だな」

「そこでお金《かね》がちゃんとあるとわかったら、絵《え》と息子《むすこ》のいる場所《ばしょ》に案内《あんない》するらしいわ」

「そうか、そうか。きみはまるで女《おんな》スパイみたいに優秀《ゆうしゅう》だよ」

「女《おんな》スパイ？　私《わたし》、気《き》に入《い》った」

優子《ゆうこ》は結局《けっきょく》、お昼《ひる》の休憩《きゅうけい》を少《すこ》しオーバーするまでいて帰《かえ》っていった。

優子《ゆうこ》が帰《かえ》るのとほとんど同時《どうじ》に、大沢《おおさわ》から電話《でんわ》がかかってきた。

『おい、じいさん、よくもおれたちをだましてくれたな？』

「なんだ、絵《え》を売《う》り損《そこ》なったのか？」

大沢《おおさわ》の声《こえ》は、耳《みみ》にがんがんと響《ひび》くので、受話器《じゅわき》を少《すこ》し離《はな》した。

『絵《え》のことじゃねえ、ガキのことだ』

「ガキがどうした」

『とぼけるんじゃねえ。あの病院《びょういん》にはいやしねえじゃねえか』

「いる。院長《いんちょう》がうそをついているんだ」

『院長《いんちょう》は、うそをついてねえ。ガキがいるだなんてうまいこと言《い》って、娘《むすめ》を連《つ》れだしやがって。このままですむと思《おも》ったら大《おお》まちがいだぞ。こっちにはマフィアがついてるんだ』

「マフィアのマッちゃんか」

瀬川《せがわ》は、つい天野《あまの》のセリフが出《で》てしまった。

『なんだと？』

「そんなに大声《おおごえ》を出《だ》さなくても電話《でんわ》はよく聞《き》こえる」

『あした、おれたちは取《と》り引《ひ》きを完了《かんりょう》する』

「ニセモノのピカソで一億円《おくえん》の荒稼《あらかせ》ぎか？」

『なんでピカソだと知《し》ってるんだ？』

「おれの耳《みみ》は地獄耳《じごくみみ》だよ。そいつが来年《らいねん》には三倍《ばい》だって、笑《わら》わせるんじゃない。そんなもの紙《かみ》くずじゃないか」

『じいさん、だれから聞《き》いた？』

大沢《おおさわ》が慌《あわ》てだした。

「院長《いんちょう》が自慢《じまん》げに話《はな》してくれたよ」

『じいさん、院長《いんちょう》と知《し》り合《あ》いか？』

「あたりまえだ。おれがニセモノだと言《い》や、その商談《しょうだん》はご破算《はさん》になるんだぞ」

『そうはいかねえ、こっちには人質《ひとじち》がいるんだ』

「おれにも人質《ひとじち》がいることを忘《わす》れるな」

『人質《ひとじち》ってだれのことだ？』

「決《き》まってるだろう。ヴィットリオのことさ」

『えぇっ』

「いまさらおどろくことはない。院長《いんちょう》からくすねた一億円《おくえん》を持《も》ってきたら、ヴィットリオをわたしてやる」

『寝《ね》ぼけるんじゃねえ。この欲《よく》ぼけのくそじじい。こっちにはマフィアがついてることを忘《わす》れるなよ』

「またマフィアのマッちゃんかい」

瀬川《せがわ》が笑《わら》いだすと、大沢《おおさわ》は乱暴《らんぼう》に電話《でんわ》を切《き》ってしまった。

5

その夜《よる》、瀬川《せがわ》の家《いえ》に相原《あいはら》、英治《えいじ》、安永《やすなが》、久美子《くみこ》の常連《じょうれん》に、中尾《なかお》と律子《りつこ》の秀才組《しゅうさいぐみ》が参加《さんか》した。

「おまえたちはこんなところに出《で》てこずに、家《いえ》で好《す》きな勉強《べんきょう》をしていろよ」

安永《やすなが》が言《い》うと、からっとしていて皮肉《ひにく》に聞《き》こえない。これは彼《かれ》の人柄《ひとがら》のせいにちがいない。

みんなが集《あつ》まって五分《ふん》ほどすると矢場《やば》がやってきた。

「またずいぶん派手《はで》なことをやらかしたもんだな」

矢場《やば》は、入《はい》ってくるなり言《い》った。

「矢場《やば》さん、だれに聞《き》いた?」

安永《やすなが》が言《い》った。

「だれに聞《き》かなくたって、そんなことはわかるさ。おれは橋《はし》の上《うえ》から見物《けんぶつ》してたんだ」

「ほんと?」

英治《えいじ》は、矢場《やば》の顔《かお》をのぞきこんだ。

「花火屋《はなびや》がまたどんぱちやってたな。そのうえ人質交換屋《ひとじちこうかんや》も出《で》てくるし」

「あれは、ぼくらの㊙学園祭《まるひがくえんさい》のドキュメンタリー劇《げき》を上演《じょうえん》してたんだ」

中尾《なかお》が言《い》った。

「あれが芝居《しばい》だって？」

「きのうは非公開《ひこうかい》だったけれど、十月十五日《がつにち》の学園祭《がくえんさい》には再上演《さいじょうえん》するから、ぜひ見《み》にきて」

「あれを再上演《さいじょうえん》するだって？」

「きのうは第《だい》一幕《まく》。これから第《だい》二幕《まく》がはじまるところ」

相原《あいはら》が言《い》う。

「第《だい》二幕《まく》はどんな内容《ないよう》だ？」

「ドキュメンタリーだから、やってみなければわかんないんだ」

「大体《だいたい》の筋書《すじが》きはあるんだろう？」

「マフィアがヴィットリオを奪《うば》いにくる。そこでおれたちと全面戦争《ぜんめんせんそう》するところさ。こいつは迫力《はくりょく》あるぜ」

安永《やすなが》が言《い》った。

「この連中《れんちゅう》、ほんとうにマフィアと戦争《せんそう》するつもりなんですか？」

矢場《やば》は瀬川《せがわ》にきいた。

「ヴィットリオをわたさないんだから、しないわけにはいかないだろう」

「相手《あいて》には、マフィアがついているとわかってるのか？」

「わかってるよ」

英治《えいじ》が言《い》うと、矢場《やば》がのぞきこんで、

「その顔《かお》は全然《ぜんぜん》わかっちゃいない。作戦《さくせん》はあるのか？」

「おれたちの武器《ぶき》はいたずらだけさ。それで戦《たたか》うしかないよ」

英治《えいじ》は胸《むね》をはった。というより開《ひら》きなおったと見《み》るほうが正《ただ》しい。

「日本人《にほんじん》に通《つう》じるいたずらだって、マフィアには通《つう》じないこともあるぞ」

「そんなこと知《し》っちゃいないよ。やるだけやるしかないさ」

「まあいいや。やるだけやってみるか」

「矢場《やば》さん、それは冷《つめ》たいよ。おれたちの命《いのち》がかかってんだぜ」

安永《やすなが》がからんだ。

「おれにどうしろって言《い》うんだ？」

「テレビでばんばんやって、やつらを日本《にほん》から追《お》いだしてほしいんだ」

「そうか、そういうことならおれにもできる。及《およ》ばずながら手助《てだす》けするぞ」

「さっき、わしのところに大沢《おおさわ》から電話《でんわ》があった」

瀬川《せがわ》が言《い》った。

「やっぱりありましたか。怒《いか》りくるってたでしょう？」

「反対《はんたい》にやっつけてやったよ」

「瀬川《せがわ》さん、すごい。なんてやっつけたの？」

「一億円《おくえん》でニセのピカソを売《う》りつけるんだろう。そのもうけをわしに寄《よ》こせって」

「ええっ。どうしてそんなことが言《い》えるんですか？」

律子《りつこ》の目《め》が大《おお》きくなった。

「こう言《い》ってやったんだよ。わしはヴィットリオをあるところにかくしている。ヴィットリオがほしかったら、一億円《おくえん》持《も》ってこいって」

「すげえ、犯人《はんにん》から逆《ぎゃく》に金《かね》を取《と》っちゃうってんだから」

英治《えいじ》が感心《かんしん》すると、律子《りつこ》もまじまじと瀬川《せがわ》を見《み》つめて、

「ほんと、どういう頭《あたま》をしてるのかしら」

「こういう頭《あたま》さ。たたくとすかすかだ」

瀬川《せがわ》は、自分《じぶん》の頭《あたま》をたたいてみせた。

「そうしたらなんて言《い》いました？」

矢場《やば》がきいた。

「このくそじじいって、怒《おこ》って電話《でんわ》を切《き》っちまったよ」

みんなが、いっせいに笑《わら》った。

「一億円《おくえん》の受《う》け渡《わた》しはどこでやるつもりなんですかね?」

「あすの午後七時《ごごしちじ》、帝国《ていこく》ホテルのロビーだそうだ。これは院長《いんちょう》が電話《でんわ》しているのを、わしの女《おんな》スパイが聞《き》いた」

「帝国《ていこく》ホテルのロビーとは、また大胆《だいたん》ですね?」

「そこでは金《かね》だけを勘定《かんじょう》して、別《べつ》の場所《ばしょ》に連《つ》れていくらしい。あれでけっこう用心深《ようじんぶか》いんだ」

「そうでしょう。じゃあ、ぼくも行《い》ってみますか?」

「尾行《びこう》できたら、おもしろいことがわかるかもしれん。ところで、絵《え》のほうはどうなった?」

「とにかく、盗《ぬす》まれてから四十分以上《ぶんいじょう》たってから非常線《ひじょうせん》を張《は》ったんですから、犯人《はんにん》は東名《とうめい》を利用《りよう》してゆうゆうと逃《に》げちゃったでしょう」

「西《にし》か東《ひがし》か、どっちに行《い》ったと思《おも》う?」

「それはやはり東京《とうきょう》でしょう。東京《とうきょう》に持《も》ってこなければ絵《え》はさばけませんよ」

「日本《にほん》の保険会社《ほけんがいしゃ》が盗品《とうひん》を買《か》うと思《おも》うか?」

「日本《にほん》では無理《むり》でしょうね」

「じゃあ、どうする?」

「なんにもしないでしょう」

「それじゃ、なんのために盗《ぬす》んだんだ？」

「盗《ぬす》んだ犯人《はんにん》は自分《じぶん》だから、何《なに》もする必要《ひつよう》はないですよ」

「どうして？」

律子《りつこ》が矢場《やば》にきいた。

「きみは秀才《しゅうさい》らしいが、こういう問題《もんだい》は不得意《ふとくい》とみえるな。いいか、絵《え》がなくなれば、ニセモノと言《い》われるおそれはない。そのうえ保険金《ほけんきん》が入《はい》るんだから、こんなうまい話《はなし》はないだろう？」

「そんな答《こた》えがあるんですか？」

律子《りつこ》は、とても信《しん》じられないという顔《かお》をしている。

「だから、こういうことが言《い》える。オーナーや保険会社《ほけんがいしゃ》に絵《え》を買《か》いとれと言《い》ってきたら、これは泥棒《どろぼう》のしわざだ。逆《ぎゃく》に、なんにも言《い》ってこなかったら、犯人《はんにん》はオーナー自身《じしん》だと言《い》える」

「へえ……」

律子《りつこ》は、ひどく感心《かんしん》して矢場《やば》の顔《かお》を凝視《ぎょうし》した。

「そんなにじろじろ見《み》るなよ。照《て》れるじゃないか」

「自分《じぶん》で自分《じぶん》のものを盗《ぬす》む……。1－1＝0にならない数学《すうがく》があるなんて」

「そんなものは、世《よ》の中《なか》にはいくらでもある。それほど感心《かんしん》するほどのことでもないさ」

頭《あたま》のいい律子《りつこ》が、こういうことに単純《たんじゅん》におどろくところがおもしろいと英治《えいじ》は思《おも》った。

「さっきの人質《ひとじち》の話《はなし》だけど、やつらはどの手《て》で出《で》てくるかな」

相原《あいはら》は、だれにともなくつぶやいた。

「やつらは、どうしてもヴィットリオを手《て》に入《い》れたい。だから話《はな》し合《あ》いに来《く》るかもしれない」

「どうしてヴィットリオがそんなに必要《ひつよう》なんですか？」

律子《りつこ》がきくと、

「おそらく、ヴィットリオはラファエロのホンモノのありかを知《し》っていると信《しん》じているからじゃないかな」

矢場《やば》が言《い》った。

「しかし、ヴィットリオの持《も》っていた暗号《あんごう》は、美術館《びじゅつかん》だけですよ」

「だから、どこかの美術館《びじゅつかん》にホンモノがあるんだ。これは隠《かく》したというより、気《き》づかれていないのかもしれない」

「そんなことがあるんですか……」

勉強《べんきょう》しか興味《きょうみ》がないと思《おも》っていた律子《りつこ》が、こんなに夢中《むちゅう》になるのが不思議《ふしぎ》だった。

6

相原《あいはら》と英治《えいじ》と安永《やすなが》の三人《にん》が、久美子《くみこ》の家《いえ》に行《い》くことになった。

ほかの連中《れんちゅう》も、ヴィットリオと由美子《ゆみこ》を見《み》たいと言《い》ったのだが、この二人《ふたり》の隠《かく》れ家《が》は絶対秘密《ぜったいひみつ》なのだ。みんなで行《い》って感《かん》づかれてはまずいという瀬川《せがわ》の意見《いけん》に、だれも反対《はんたい》する者《もの》はいなかった。

病院《びょういん》を出《で》てから、英治《えいじ》が由美子《ゆみこ》と話《はな》すのは、これがはじめてである。

いったい、どんなふうに変《か》わったか。そのことに興味《きょうみ》があった。

久美子《くみこ》の家《いえ》は、母親《ははおや》が海外旅行《かいがいりょこう》に行《い》っていて、いまは久美子《くみこ》ひとりである。

もっとも、家《いえ》にいても久美子《くみこ》がだれを連《つ》れてこようと、なんにも言《い》わない。

それは久美子《くみこ》の自由《じゆう》を尊重《そんちょう》しているというより、子《こ》どものことに無関心《むかんしん》なのである。

最近《さいきん》の若《わか》い母親《ははおや》に母性喪失《ぼせいそうしつ》という現象《げんしょう》が多《おお》くなっているようだが、久美子《くみこ》の母親《ははおや》はそのはしりなのかもしれない。

由美子《ゆみこ》は、ヴィットリオと部屋《へや》の中《なか》でどたばた走《はし》りまわっていたが、四人《にん》を見《み》ると、ぱっとほおを輝《かがや》かせた。

「元気《げんき》じゃないか。でも、ちょっと年《とし》が逆《ぎゃく》もどりしたみたいだな」

英治《えいじ》はひとりっ子《こ》である。だから由美子《ゆみこ》を見《み》ると妹《いもうと》みたいに思《おも》えてしかたない。

実際《じっさい》、家《いえ》にこんな妹《いもうと》がいたらどんなに楽《たの》しいだろう。

「わたしは、この子《こ》と遊《あそ》んであげてるだけなんです」

由美子《ゆみこ》が懸命《けんめい》に弁解《べんかい》するのがおかしい。

「病院《びょういん》のぐあいはどうだった？」

相原《あいはら》がきいた。

「毎日薬《まいにちくすり》を飲《の》まされるんだけど、飲《の》むとやる気《き》がなくなっちゃうんです」

「こんなところにいるのはいやだって気《き》も起《お》きないのか？」

「ええ、だんだんそんな気《き》も起《お》こらなくなっちゃった」

「副作用《ふくさよう》の強《つよ》い薬《くすり》なんだ。おっかねえなあ」

英治《えいじ》は背筋《せすじ》が寒《さむ》くなった。

「長《なが》いこと入《はい》っていたら、きみは違《ちが》う病気《びょうき》になってたかもな」

「いまから思《おも》うとぞっとします」

「だけど、きのうおれたちが引《ひ》っぱっていこうとしたとき、由美子《ゆみこ》ったらお化《ば》けでも見《み》るような目《め》つきだったぜ」

安永《やすなが》が言《い》った。

「あのときは、病院《びょういん》の人《ひと》が連《つ》れにきたと思《おも》ったんです」

「おれの顔《かお》忘《わす》れちゃったのかよ」

「だって、暗《くら》くて見《み》えなかったし、まさか助《たす》けにきてくれるなんて、夢《ゆめ》にも思《おも》ってなかったからです」

「無理《むり》もないよな。しかし、助《たす》けだすには苦労《くろう》したんだぜ」

相原《あいはら》がにやにやしながら言《い》った。

「どういう方法《ほうほう》でやったかは、あとでゆっくり説明《せつめい》するよ」

英治《えいじ》がつづけた。

「あの花火《はなび》にはおどろいちゃった」

「そりゃそうだろう。いっせいにかんしゃく玉《だま》を破裂《はれつ》させたからな。なんてったって、おれたちのクラスには、花火屋《はなびや》の息子《むすこ》がいるから強《つよ》いよ」

「でもうれしかったな。これで出《で》られたんだなって思《おも》ったときは」

「これから、きみたちをどうするかだ」

相原《あいはら》は、由美子《ゆみこ》とヴィットリオを等分《とうぶん》に見《み》て言《い》った。

「わたし、家《いえ》に帰《かえ》りたくない。帰《かえ》ったらまた病院《びょういん》に入《い》れられるもの。おねがい、ここにおいてください」

由美子《ゆみこ》は、すがりつくような目《め》で久美子《くみこ》を見《み》た。

「わたしはいいよ、いつまでここにいても。だけどそうはいかないんじゃないかな」

「由美子《ゆみこ》の親《おや》たちが警察《けいさつ》に言《い》ったりするとまずいことになる」

「どうすればいいんですか？」

「きみがふつうの子《こ》とまったく変《か》わらないことを証明《しょうめい》すればいいんだ」

「どうやって？」

「学校《がっこう》に行《い》けばいいんじゃねえのか？　簡単《かんたん》なことだぜ」

安永《やすなが》が言《い》うと相原《あいはら》が、

「安永《やすなが》には簡単《かんたん》なことでも、由美子《ゆみこ》にとっちゃたいへんなんだ」

「じゃあ、こうすればいい。学園祭《がくえんさい》に出《で》ろよ」

英治《えいじ》が、ふと思《おも》いついて言《い》った。

「出《で》たいけれど、ずっと休《やす》んでいたから出《だ》してくれません」

「おれたちのに特別出演《とくべつしゅつえん》させてやろうよ」

英治《えいじ》は三人《にん》の顔色《かおいろ》をうかがった。

「なんの役《やく》で出《で》るんだ？」

安永《やすなが》がきいた。

「赤《あか》ずきんの妹《いもうと》なんてどうだ？」

「赤《あか》ずきんに妹《いもうと》がいるんですか？」

「いたって、いなくたっていいんだよ。作《つく》れば。妹《いもうと》が魔法《まほう》つかいによって、病院《びょういん》に入《い》れられちゃうんだ」

「よし、その手《て》でいくか。由美子《ゆみこ》出《で》るか？」

相原《あいはら》が由美子《ゆみこ》の顔《かお》をのぞきこんだ。

「出《で》ろよ。出《で》るんだ。出《で》るって言《い》え」

安永《やすなが》の言《い》い方《かた》は乱暴《らんぼう》だ。由美子《ゆみこ》はしばらく考《かんが》えてから、

「出《で》る」

と言《い》った。

「よし、出《で》ると決《き》まったら、おれたちは大々的《だいだいてき》に宣伝《せんでん》するぞ。そうなったら由美子《ゆみこ》は学校中《がっこうじゅう》で評判《ひょうばん》になる」

「由美子《ゆみこ》のほうはそれでいいとして、こんどはヴィットリオだ」

「ぼく、わたしてくれてもいいよ」

ヴィットリオはしっかりした声《こえ》で言《い》った。

「子《こ》どものくせに、つまらねえことを考《かんが》えるな。おれたちは、絶対《ぜったい》におまえをわたさねえ」

安永《やすなが》が久《ひさ》しぶりに頼《たの》もしく見《み》えた。

「だって、わたさなかったらみんなやられるよ」

「だいじょうぶ、おれたちはやられねえ」

「だって、向《む》こうにはマフィアがついてるんだよ」

「マフィアだろうと、なんであろうと、おれたちは負《ま》けてねえぞ」

「いままでだって、いろんな相手《あいて》と戦《たたか》って、みんな勝《か》ってきたんだ」

英治《えいじ》が安永《やすなが》のあとにつづけて言《い》った。

「要《よう》するに、敵《てき》をみんなやっつけちゃえばいいんだろう」

相原《あいはら》が言《い》った。

「そんなことできるの？」

ヴィットリオは、大《おお》きな目《め》で相原《あいはら》を見《み》つめた。

「できるさ。まず大沢《おおさわ》をおびき出《だ》してつかまえる。それから、あいつに仲間《なかま》のことを全部《ぜんぶ》しゃべらせる」

「そうか、ヴィットリオのいる場所《ばしょ》をおしえるって言《い》えば、大沢《おおさわ》はすぐひっかかるぞ」

英治《えいじ》の頭《あたま》が活躍《かつやく》をはじめた。

「菊地《きくち》、いい考《かんが》えが浮《う》かんだのか？」

安永《やすなが》が英治《えいじ》の顔《かお》を見《み》た。

「うん、これならいいぞ」

英治《えいじ》は大《おお》きくうなずいた。自然《しぜん》に笑《わら》いがこみあげてきた。

六章《しょう》　狼《おおかみ》が先生《せんせい》を食《た》べちゃった

1

「由美子《ゆみこ》のおふくろには、おれ自信《じしん》ねえなあ」

相原《あいはら》が弱音《よわね》を吐《は》くことはめったにない。それがこんなことを言《い》いだすのだから、この間《あいだ》やり合《あ》ったことが、かなりこたえているにちがいない。

「じゃあ、だれがやる？」

英治《えいじ》は、安永《やすなが》と目《め》が合《あ》った。

「おれはだめだぜ。口《くち》でやり合《あ》うのって苦手《にがて》なんだよ」

安永《やすなが》は、英治《えいじ》が言《い》いださないうちに予防線《よぼうせん》をはった。

「女子《じょし》で、だれか戦《たたか》えそうなやついねえか？」

「あの年《とし》ごろの女《おんな》って嫌《きら》いなんだよ。がたがた言《い》われると、すぐなぐりたくなっちゃう」

久美子《くみこ》はそう言《い》ってから、純子《じゅんこ》の顔《かお》を見《み》た。

「わたしもだめよ。うちの母《かあ》ちゃんなんて、いくらこっちの理屈《りくつ》があってたって、そんなこと関係《かんけい》ないんだもん。これじゃ勝負《しょうぶ》になんないよ」

「律子《りつこ》はどうかな？」

「彼女頭《かのじょあたま》は強《つよ》いけど、けんかは弱《よわ》いからだめ」

「そうか、じゃあおれたちのエース天野《あまの》に頼《たの》むしかねえか」

英治《えいじ》は天野《あまの》の顔《かお》に目《め》をやった。

「おれもおりる」

「どうして？　おまえ、しゃべりのプロになるんじゃなかったのか？」

「そりゃ、ひとりで好《す》きなだけしゃべらせてくれりゃいいよ。ところがあいつたちときたら、こっちが一言言《ひとことい》えば、十倍《ばい》になって返《かえ》ってくるんだからかなわねえよ」

「おまえんちもか。おれんちもそう」

立石《たていし》が天野《あまの》の肩《かた》を持《も》った。

「結局《けっきょく》、だれもいねえってことか？」

「菊地《きくち》、おまえやれよ」

天野《あまの》が言《い》った。

「おれは自信《じしん》ねえからみんなに言《い》ってるんだ」

英治《えいじ》は、すぐ目《め》の前《まえ》にいる青葉《あおば》と目《め》が合《あ》った。

「そうだ。青葉《あおば》のおばあちゃんに頼《たの》もう。あのおばあちゃんならきっと勝《か》てる」

「それはいい線《せん》いってるかもよ」

相原《あいはら》が真《ま》っ先《さき》に賛成《さんせい》した。

「青葉《あおば》のおふくろだって、こてんぱんにやっつけちゃったんだろう?」

英治《えいじ》が言《い》うと青葉《あおば》は、

「おばあちゃん、うちのおふくろくらいの女見《おんなみ》ると、ファイトがもりもり湧《わ》くらしいんです」

「こういうのを天敵《てんてき》って言《い》うんだ。よし、青葉《あおば》のおばあちゃんに頼《たの》もう。青葉《あおば》、やってくれるな?」

「いいですよ。そんなこと言《い》ったら、おばあちゃん喜《よろこ》んで飛《と》んできますよ」

「これで決《き》まりだ」

英治《えいじ》は、ようやく肩《かた》の荷《に》がおりて、ほっとした。

「おばあちゃん、すぐ来《き》てくれるかな?」

英治《えいじ》は、あらためて青葉《あおば》にきいてみた。

「言《い》えばすぐ来《き》ますよ。このごろ退屈《たいくつ》してるって言《い》ってたから」

「じゃあ、あした来《き》てもらえないかな。瀬川《せがわ》さんとこで打《う》ち合《あ》わせしよう」

翌日《よくじつ》、学校《がっこう》の帰《かえ》り、英治《えいじ》と相原《あいはら》と安永《やすなが》の三人《にん》で永楽荘《えいらくそう》に寄《よ》ると、ほとんど同時《どうじ》に、久美子《くみこ》が由美子《ゆみこ》を連《つ》れてやってきた。

「由美《ゆみ》ちゃんが来《き》てくれると、太陽《たいよう》がさすみたいに明《あか》るくなる」

瀬川《せがわ》が派手《はで》に喜《よろこ》んだ。

「ほんとは毎日来《まいにちき》たいんだけど……」

「わかってる、わかってる」

瀬川《せがわ》は、それ以上由美子《いじょうゆみこ》に言《い》わせなかった。

それから間《ま》もなく、青葉《あおば》がおばあさんと一緒《いっしょ》にやってきた。

「あら、いいところね」

おばあさんは、入《はい》ってくるなり、部屋《へや》を見《み》まわして言《い》った。

「あなたの勇名《ゆうめい》はかねがね聞《き》いておりましたが、お会《あ》いしてみると、きゃしゃなお方《かた》ですな。わしはもっといかつい女性《じょせい》を想像《そうぞう》しておりました」

「勇名《ゆうめい》だなんて、おはずかしい」

意外《いがい》にも、おばあさんがはにかんだ様子《ようす》を見《み》せたので、やはり女性《じょせい》なのだなと、英治《えいじ》は妙《みょう》なところで感心《かんしん》した。

「あなたが由美《ゆみ》ちゃん？」

おばあさんは由美子《ゆみこ》に優《やさ》しく言葉《ことば》をかけた。

「はい」

「あなたのことは、光《ひかる》からみんな聞《き》いたわよ。でも元気《げんき》そうじゃないの」

「病院《びょういん》から救《すく》いだしてもらってから元気《げんき》になったんです」

「そう、よかったわね。お母《かあ》さんとはまだ会《あ》ってないんだって？」

「はい、会《あ》ってません。会《あ》うとまた病院《びょういん》に入《い》れられちゃうから」

「私《わたし》がやってきたからには、もうだいじょうぶよ」

「そんなに、簡単《かんたん》にやっつけられるんですか？」

英治《えいじ》は、思《おも》わずおばあさんの顔《かお》を見《み》てしまった。

「女《おんな》の一生《いっしょう》というものは、若《わか》いときは感受性《かんじゅせい》もするどく、神経《しんけい》も繊細《せんさい》で、ちょっとしたことにも傷《きず》つく。そして、将来《しょうらい》には夢《ゆめ》と絶望《ぜつぼう》を両方《りょうほう》持《も》っている」

瀬川《せがわ》が言《い》うと、久美子《くみこ》とルミと由美子《ゆみこ》がうなずいた。

「ところが中年《ちゅうねん》になると、感受性《かんじゅせい》は鈍《にぶ》く、無神経《むしんけい》になり、はずかしいということを知《し》らず、したがって一人《ひとり》よがりになる」

「わかる、わかる」

久美子《くみこ》が言《い》った。

「そういう女《おんな》ときみたちが戦《たたか》えば、繊細《せんさい》な神経《しんけい》を持《も》っているきみたちが傷《きず》つくのはわかっている。あの年《とし》ごろの連中《れんちゅう》ときたら、無神経《むしんけい》な言葉《ことば》を武器《ぶき》としてつかうからな」

「そうなんだよ。そこが頭《あたま》にくるんだ」

英治《えいじ》は瀬川《せがわ》の言《い》うとおりだと思《おも》った。

「ところが、女《おんな》がさらに年《とし》を取《と》ると、化《ば》けて妖術《ようじゅつ》が身《み》につく」

「妖術《ようじゅつ》って何《なに》？」

ルミがきいた。

「妖怪《ようかい》の超能力《ちょうのうりょく》みたいなものかな。中年《ちゅうねん》ではまだ半化《はんば》けにしかならんから、完全《かんぜん》に化《ば》けたおばあさんには太刀打《たちう》ちできんのだよ」

「へえ、そういうことなの」

「ルミちゃん、まともに感心《かんしん》するんじゃないの。それじゃ、男《おとこ》が年取《としと》ると何《なに》になるの？」

おばあさんが瀬川《せがわ》にきいた。

「女《おんな》は化《ば》けるが、男《おとこ》はぼけるだけだ」

瀬川《せがわ》が言《い》うと、

「このおじいちゃん、相当《そうとう》なものと見《み》たよ」

「そうかい、そう見《み》てくれましたか」

「おぬしもやるな」

「おぬしもやるな」

二人《ふたり》の老人《ろうじん》は、すっかり意気投合《いきとうごう》してしまった。

――これは戦力《せんりょく》になるぞ。

英治《えいじ》は、知《し》らずににやりとした。

「では、これから由美《ゆみ》ちゃんのおうちに行《い》こうかね」

「ええっ、もう？」

青葉《あおば》は、おどろいた拍子《ひょうし》に食《た》べかけたあられをのどにひっかけてしまった。

「年寄《としよ》りは気《き》が早《はや》いからね。善《ぜん》は急《いそ》げっていう言葉《ことば》があるじゃないか。そうですよね？」

おばあさんは、瀬川《せがわ》の顔《かお》を見《み》た。

「うむ。一刻《いっこく》も早《はや》いほうがいい」

「でも、疲《つか》れていらっしゃるんじゃないんですか？」

久美子《くみこ》が優《やさ》しい心《こころ》づかいを見《み》せた。

「疲《つか》れてやしませんよ。さ、案内《あんない》してちょうだい」

おばあさんは、お茶《ちゃ》を一杯飲《ばいの》んだだけで、もう立《た》ちあがった。

「由美《ゆみ》ちゃんは来《こ》ないほうがいい。だれが案内《あんない》してくれるの？」

「はい」

と言《い》ってしまってから、ヤバイことになったな、と英治《えいじ》は思《おも》った。

2

「こんにちは」

英治《えいじ》がインターホンに向《む》かって、おそるおそる言《い》うと、

「だめよ、そんな言《い》い方《かた》。押《お》し売《う》りみたいに思《おも》われるじゃない。もっと胸《むね》をはってどうどうと大《おお》きな声《こえ》を出《だ》して」

おばあさんに叱《しか》られてしまったので、こんどは思《おも》いきり大《おお》きい声《こえ》で、

「こんにちは」

とどなった。家《いえ》の中《なか》から、「どなた?」という声《こえ》がした。

「この間《あいだ》うかがった、三年《ねん》の菊地《きくち》です」

乱暴《らんぼう》にドアがあいて、由美子《ゆみこ》の母親《ははおや》が顔《かお》を出《だ》した。

「あなたたちでしょう?　由美子《ゆみこ》を病院《びょういん》からどこかへ連《つ》れだしたのは?」

前《まえ》よりも大《おお》きい声《こえ》だ。大《おお》きい声《こえ》を出《だ》されると、びびるけれど、そんなものに惑《まど》わされてはいけない。

新幹線《しんかんせん》の騒音《そうおん》くらいに思《おも》ってればいいのだと、来《く》る途中《とちゅう》おばあさんから言《い》われたばかりだ。

しかし、やはり神経《しんけい》にびりびり響《ひび》いてくる。

「ぼ、ぼくたち……」

と言《い》いかけたとき、おばあさんは英治《えいじ》を押《お》しのけて前《まえ》へ出《で》た。

「なに？　このおばあちゃん」

由美子《ゆみこ》の母親《ははおや》は、おばあさんから目《め》をそらして、英治《えいじ》をにらみつけた。

「あの……」

英治《えいじ》は、おばあさんに手《て》をぴしゃりとたたかれてしまった。

「私《わたし》は、おたくのお嬢《じょう》さんのお友《とも》だちで、青葉光《あおばひかる》という者《もの》の祖母《そぼ》でございます。私《わたし》が由美子《ゆみこ》さんをおあずかりしています。それをおつたえにまいりました」

おばあさんは、こんなでたらめなことをぬけぬけと言《い》う。

「おばあちゃんが？　うそでしょう。うそに決《き》まってるわよね」

「いいえ、うそではございません。私《わたし》がおあずかりしております」

「ちょっと、親《おや》の承諾《しょうだく》もなく勝手《かって》に他人《たにん》の子《こ》どもをおあずかりしてるはないんじゃございません？」

「承諾《しょうだく》なんかしっこないから、勝手《かって》にあずからせてもらったのさ。言《い》ってみれば、捨《す》てねこを拾《ひろ》ったようなもんだよ」

相手《あいて》がざあます言葉《ことば》をつかったので、おばあさんは男《おとこ》っぽい言葉《ことば》に変《か》えたようだ。

「捨《す》てねことは何《なに》よ！」

由美子《ゆみこ》の母親《ははおや》が目《め》をむいた。おばあさんも負《ま》けずに、かっとにらみかえす。

いよいよ決闘《けっとう》がはじまるのだ。

「親《おや》が捨《す》てたんだから捨《す》てねこじゃないか」

「私《わたし》がいつ由美子《ゆみこ》を捨《す》てたっておっしゃるの？」

「捨《す》てたじゃないの、病院《びょういん》に」

「ばかなこと言《い》っちゃいけませんよ。あれは治療《ちりょう》してもらうために入院《にゅういん》させたの」

「いいえ、だめにして、ごみくずにするために病院《びょういん》へ入《い》れたのよ。だから、由美子《ゆみこ》ちゃんは怖《こわ》くなって逃《に》げだしたんじゃないかい」

「あんたみたいなばあさんに、文句《もんく》言《い》われる筋《すじ》はないわ。帰《かえ》ってちょうだい」

「おや、由美子《ゆみこ》ちゃんはいらないっていうんだね。やっぱり捨《す》てたんじゃないか」

「そうじゃない、こうなったら警察《けいさつ》に言《い》って連《つ》れもどすだけよ」

「へえ、警察《けいさつ》に頼《たの》まなきゃ、自分《じぶん》の子《こ》どもを連《つ》れもどすことができないのかい。警察《けいさつ》ってのはね、国民《こくみん》の税金《ぜいきん》でやってんだよ。あんたみたいに、自分《じぶん》の私用《しよう》につかうのがいるから税金《ぜいきん》が高《たか》くなるんだよ」

——やるなあ。

英治《えいじ》は、やはり妖怪《ようかい》だなあと思《おも》いながら、おばあさんの小《ちい》さい背中《せなか》を見《み》つめた。

「何《なに》が税金《ぜいきん》よ。自分《じぶん》はただで病院《びょういん》に行《い》ってるくせに」

「おあいにくさま、私《わたし》ゃ病気《びょうき》なんてしたことないよ」

「よくもまあ、そんなにへらず口《ぐち》がたたけるもんだよ」

「私《わたし》ゃ、歯《は》はへってなくなったけれど、口《くち》はへってないよ」

「あんたと話《はな》してると頭《あたま》が変《へん》になりそうだから帰《かえ》って」

「帰《かえ》らないよ」

「もういい、やめた」

由美子《ゆみこ》の母親《ははおや》は、両手《りょうて》で耳《みみ》を押《お》さえた。

「都合《つごう》がわるくなると、人《ひと》の話《はなし》に耳《みみ》をかさないのはよくないよ。由美子《ゆみこ》ちゃんのことだってどうして、もっとよく聞《き》いてやらないんだい?」

「由美子《ゆみこ》のことなら、なんでも知《し》っています」

「母親《ははおや》だから、娘《むすめ》のことはなんでも知《し》ってると思《おも》ったら大《おお》まちがいだよ。あの子《こ》は、あんたに言《い》えない悩《なや》みを抱《かか》えてるんだよ」

「親《おや》の私《わたし》に言《い》えない悩《なや》みなんて、あるわけないでしょう」

「それが一人《ひとり》よがりだっていうの。あんたがもっと、由美子《ゆみこ》ちゃんの身《み》になって、悲《かな》しんだり、泣《な》いたり、悩《なや》んだりしてあげたら、あの子《こ》はあんなふうにはなりはしなかったよ」

「なんでも私《わたし》のせいにすればいいのよ」

「学校《がっこう》に行《い》かないのを、あんたのせいとは言《い》ってないよ。不登校《ふとうこう》は別《べつ》の問題《もんだい》なんだから」

「そうでしょう、なんでも親《おや》のせいにするのはおかしいわ。だから神経科《しんけいか》のお医者《いしゃ》さんにみてもらおうと思《おも》ったの」

「あんたの言《い》いたいことはわかるよ。やっぱり悩《なや》んでるんだね？」

「わかってもらえる？」

さっきまでのけんか腰《ごし》がなくなった。

「わかるけれど、あんたたちのやり方《かた》は承知《しょうち》できないね」

「どうして？」

せっかく機嫌《きげん》が直《なお》りかけたのに、また元《もと》にもどってしまった。

「あんたたちは、ほんとうに自分《じぶん》の子《こ》どもを自分《じぶん》の手《て》で育《そだ》てたと言《い》えるのかね？」

「自分《じぶん》で育《そだ》てているに決《き》まってるじゃないの」

「いいえ、あんたたちのやっていることといったら、子《こ》どもが生《う》まれると人《ひと》まかせばっかり、胸《むね》に手《て》をあててよく考《かんが》えてごらんよ。やれ保育所《ほいくしょ》、やれおけいこ、塾《じゅく》……。どうして自分《じぶん》でやらないんだね」

「いまの母親《ははおや》はみんな働《はたら》いてるの。むかしみたいなことできるわけないでしょう。だから、子育《こそだ》てもプロにまかせるの」

「子《こ》どもを育《そだ》てるのに知識《ちしき》なんていらないよ。動物《どうぶつ》なら自然《しぜん》と備《そな》わっているものさ。ねこや鳥《とり》を見《み》てごらん。ちゃんと一人前《いちにんまえ》にしてるじゃないか」

「鳥《とり》と人間《にんげん》を一緒《いっしょ》にするなんておかしいわよ」

「鳥《とり》も人間《にんげん》も、生《い》きていることにかけては同《おな》じさ。近《ちか》ごろの人間《にんげん》は、自分《じぶん》たちのために地球《ちきゅう》があると思《おも》ってる。そのうちに神《かみ》さまのバチがあたるよ」

「もうその話《はなし》はやめましょう。それで由美子《ゆみこ》を返《かえ》してくれるの、くれないの？」

「あんた次第《しだい》だね」

「どういうこと？」

「由美子《ゆみこ》ちゃんは、病気《びょうき》ではないと認《みと》めることとさ。ほんとうに、心《こころ》からそう思《おも》うなら返《かえ》してあげる」

「会《あ》ってみなければわからないわよ」

「では会《あ》わせてあげる。でも、いまはだめ。いまのあんたじゃ、由美子《ゆみこ》ちゃんのほんとうの姿《すがた》は見《み》えないから」

「いつになったら見《み》えるというの？」

「こんどの学園祭《がくえんさい》に出《で》るから、その日《ひ》まで待《ま》つんだね」

由美子《ゆみこ》の母親《ははおや》は、とうとうそれで納得《なっとく》することになった。

英治《えいじ》ははればれとした気分《きぶん》で由美子《ゆみこ》の家《いえ》を出《で》た。

「由美子《ゆみこ》のママ、とうとうおばあさんの言《い》うこと聞《き》いちゃいましたね」

「ああいう女《おんな》をやっつけるには、理屈《りくつ》じゃなくエネルギーなんだよ。きみもよくおぼえておいで」

英治《えいじ》は、すごく勉強《べんきょう》になって、得《とく》したような気《き》がした。

3

「ヴィットリオを一千万円《まんえん》でわたすことで話《はなし》をつけたよ」

瀬川《せがわ》が言《い》うと相原《あいはら》が、

「院長《いんちょう》から一億《おく》も稼《かせ》いだんだから安《やす》すぎやしませんか？」

「きみもそう思《おも》うか？」

瀬川《せがわ》は、英治《えいじ》の顔《かお》を見《み》た。

「ぼくもそう思《おも》います」

「大沢《おおさわ》だってそう思《おも》っているにちがいない。一千万円《まんえん》なら、わるくない商談《しょうだん》だぞ。それがこっちのつけ目《め》さ」

「安《やす》けりゃいいってもんじゃないと思《おも》うけどな」

英治《えいじ》は、いま一つぴんとこない。

「そうじゃない。安《やす》い買《か》いものをしたと思《おも》ったとたん、心《こころ》にすきが生《しょう》じる。そうすると当然《とうぜん》チェックがあまくなる。むかしから言《い》うじゃないか。安《やす》もの買《か》いの銭失《ぜにうしな》いって」

「大沢《おおさわ》は、こっちのわなを見破《みやぶ》れないってことですね」

「そうだよ。どうせこっちはヴィットリオをわたすつもりはない。ほんとうのことを言《い》えば、いくらだっていいのさ」

「そうかあ」

青葉《あおば》のおばあさんにしろ、瀬川《せがわ》にしろ、老人《ろうじん》にはいつも教《おし》えられる。やっぱり、キャリアのちがいというやつだ。

英治《えいじ》はここでもまた感心《かんしん》してしまった。

「日時《にちじ》と場所《ばしょ》は、きょう約束《やくそく》することになっている。だから、きみたちを呼《よ》んだんだ」

「何時《なんじ》に電話《でんわ》してくるんですか？」

「あと一時間後《じかんご》だ」

瀬川《せがわ》は時計《とけい》を見《み》て言《い》った。

「一時間《じかん》か」

これでは、まるで試験《しけん》の問題《もんだい》を解《と》くみたいだ。ただ、この試験《しけん》は相談《そうだん》してもいいというところがちがう。

「ひとみんちへ連《つ》れていこう」

突然《とつぜん》、相原《あいはら》が言《い》った。

「玉《たま》すだれか?」

「玉《たま》すだれに呼《よ》んで、そこでヴィットリオを引《ひ》きわたすって言《い》えば、文句《もんく》ないでしょう?」

「玉《たま》すだれなら料亭《りょうてい》だから文句《もんく》はないだろう。しかし、玉《たま》すだれで何《なに》をやらかそうとするんだ?」

瀬川《せがわ》がきいた。

「まず、いい部屋《へや》に案内《あんない》して酒《さけ》を飲《の》ませる。それから……。よし、あとはまかせてください」

相原《あいはら》は白《しろ》い歯《は》を見《み》せた。いいことを思《おも》いついたときの顔《かお》だ。

「何《なに》をしようというのだ?」

「それはいいですから、電話《でんわ》があったら、あしたの午後《ごご》七時《じ》に玉《たま》すだれに来《こ》いと言《い》ってください」

相原《あいはら》は、そう言《い》うや、電話機《でんわき》のプッシュボタンを押《お》しはじめた。

「もしもし、ひとみ?……相原《あいはら》だ。あしたの夜《よる》部屋《へや》を一つ頼《たの》む。なるべくいい部屋《へや》がいい。……じょうだん言《い》ってるんじゃない、本気《ほんき》だって。……ほら例《れい》のマフィアを連《つ》れていくんだ。……別《べつ》にイタリア料理《りょう》《り》でなくてもいい。行《い》くのは日本人《にほんじん》なんだから。……まずお酒《さけ》だ。それから……。菊地《きくち》か? いるよ、代《か》わるから、菊地《きくち》からも聞《き》いてくれ」

相原《あいはら》は受話器《じゅわき》を英治《えいじ》にわたした。

「もしもし、菊地《きくち》くん?」

「そうだよ」

「相原《あいはら》くんの言《い》ったこと、じょうだんでしょう？」

「じょうだんじゃない、ほんとうさ」

「マフィアを呼《よ》ぶなんて信《しん》じられない」

「そこでヴィットリオを引《ひ》きわたすんだ」

「うちで？　いやよ、そんなかわいそうなこと」

「ほんとうに引《ひ》きわたすわけじゃないさ。わたすと見《み》せかけて、マフィアをつかまえるんだ」

「つかまえちゃうの？　でも暴《あば》れてピストル撃《う》ったりしないでしょうね？」

「だいじょうぶだって、そんなことさせないよ」

そうは言《い》ってみたものの、どうやってマフィアをつかまえるのか、相原《あいはら》からまだなんにも聞《き》いてない。

「それはいいとして、お金《かね》はだれが出《だ》すの？」

「お金《かね》か？」

英治《えいじ》は相原《あいはら》のほうを見《み》て、

「お金《かね》はだれが払《はら》うんだ？」

ときいた。瀬川《せがわ》が自分《じぶん》の顔《かお》を指《ゆび》さした。

「瀬川《せがわ》さんが払《はら》う」

「瀬川《せがわ》さんも一緒《いっしょ》なの？」

「もちろんさ。瀬川《せがわ》さんがヴィットリオを連《つ》れていくことになっているんだから」

相原《あいはら》が英治《えいじ》の肩《かた》をつついて、

「でかい犬小屋《いぬごや》どうなったかきいてくれ」

と言《い》った。

「それから、庭《にわ》にでっかい犬小屋《いぬごや》があったじゃんか。あれどうなってる？」

「そのままよ。だって八五郎《はちごろう》のおうちだったんだもん、かわいそうでこわせないわよ。それがどうしたの？」

英治《えいじ》が相原《あいはら》のほうを見《み》ると、

「なんでもない、きいただけ」

と、首《くび》をふった。

「なんでもない。ただきいただけだ。じゃあ、あしたの夜《よる》七時《じ》、頼《たの》んだぜ」

「いいわよ。ね、菊地《きくち》くん勉強《べんきょう》してる？」

「まあまあな」

「N高校《エヌこうこう》落《お》っこっちゃだめよ」

「うん」

「自信《じしん》ある？」

「あるような、ないような」

「だめよ、絶対入《ぜったいはい》ってくんなくちゃ。だって、菊地《きくち》くんが大阪《おおさか》へ行《い》っちゃったらさびしいもん」

「そうか」

――とうとう言《い》ってくれたぜ。

「がんばってよ」

「うん、がんばる」

受話器《じゅわき》を置《お》いたあと、英治《えいじ》は頭《あたま》がぼうっとなって、マフィアのこともヴィットリオのことも、なんでもよくなってしまった。

ひとみが、大阪《おおさか》に行《い》ってはいやだと言《い》ってくれた。

――やったぜ。

飛《と》びあがって、万歳《ばんざい》を叫《さけ》びたい。だれもいなかったら、やってやるのに。

4

午後《ごご》七時《じ》。

大沢《おおさわ》は、時間《じかん》ぴったりに玉《たま》すだれにやってきた。

「いらっしゃいませ。どうぞこちらへ」

中山《なかやま》ひとみの母親《ははおや》が、優雅《ゆうが》なしぐさで大沢《おおさわ》を奥《おく》の部屋《へや》へ案内《あんない》する。

「瀬川《せがわ》さまは、十分《ぶん》ほど遅《おく》れるというお電話《でんわ》がございました」

ひとみが、スコッチと氷《こおり》、水《みず》をトレイにのせて入《はい》ってきた。

「いらっしゃいませ」

ひとみのお辞儀《じぎ》は板《いた》についている。

「お嬢《じょう》さん？」

大沢《おおさわ》は、ひとみを上《うえ》から下《した》までなめるように見《み》まわした。

「そうです」

「かわいいね。高校生《こうこうせい》かい？」

「いいえ、中学《ちゅうがく》三年《ねん》です」

ひとみは、グラスに氷《こおり》を入《い》れ、そのうえにスコッチを注《そそ》ぐ。そのとき手《て》がかすかに揺《ゆ》れた。

スコッチの中《なか》に入《はい》っている下痢《げり》の薬《くすり》が気《き》にかかるからだ。この薬《くすり》は柿沼《かきぬま》が持《も》ってきたもので、どんなに強固《きょうこ》な便秘《べんぴ》も一発《いっぱつ》で効《き》くという強烈《きょうれつ》なものだ。

大沢《おおさわ》は自分《じぶん》で水《みず》を注《そそ》ぎ、一息《ひといき》で飲《の》み干《ほ》した。

ひとみは、じっと大沢《おおさわ》の顔《かお》を見《み》つめる。別《べつ》に表情《ひょうじょう》の変化《へんか》はない。

「どうして、ぼくの顔《かお》をそんなに見《み》つめているんだい？」

大沢《おおさわ》に言《い》われて、ひとみははっとした。

「いえ別《べつ》に、あんまりすてきな飲《の》み方《かた》だから……」

「そうかい。じゃあ、もう一杯《いっぱい》」

ひとみは、ふたたびスコッチと水《みず》をグラスに入《い》れる。

こんどもまた、一息《ひといき》で飲《の》んでしまった。

「すっごい！」

ひとみは派手《はで》な声《こえ》を出《だ》した。

この薬《くすり》、即効性《そっこうせい》があると柿沼《かきぬま》が言《い》っていたけれど、いつから効《き》きはじめるのだろう。

「きみも飲《の》んでみるかい？」

大沢《おおさわ》は、三杯目《ばいめ》のグラスをひとみに差《さ》しだした。

——とんでもない。そんなもの飲《の》んだらたいへんよ。

「いいえ、わたしは中学生《ちゅうがくせい》ですから」

ひとみが顔《かお》の前《まえ》で手《て》をふると、大沢《おおさわ》はそれ以上強要《いじょうきょうよう》せず、自分《じぶん》で飲《の》んでしまった。

——こんどこそ効《き》くぞ。

ひとみは、大沢《おおさわ》の下腹《したはら》に視線《しせん》を向《む》けた。

部屋《へや》の電話《でんわ》が鳴《な》った。

「何杯飲《なんはいの》んだ？」

柿沼《かきぬま》のおさえた声《こえ》がする。

「はい」

何杯飲《なんはいの》んだなんて言《い》えるわけないじゃない。このどじ。

「そうか、じゃあ、あたったところではいと言《い》ってくれよ。一、二、三」

「はい」

「三杯《ばい》だな、もうすぐ効《き》くぞ。下《くだ》り超特急《ちょうとっきゅう》ひかり号《ごう》が出《で》ます」

柿沼《かきぬま》は、わざと笑《わら》わせようとしている。ひとみは、笑《わら》うものかと思《おも》いながら、どうしてもがまんできなくなった。

「ちょっと失礼《しつれい》します」

受話器《じゅわき》を置《お》いたひとみは、部屋《へや》から飛《と》びだした。

廊下《ろうか》の端《はし》に、英治《えいじ》と相原《あいはら》が立《た》っている。

二人《ふたり》の姿《すがた》を見《み》たとたん、ひとみのがまんは限界《げんかい》に達《たっ》した。

泣《な》いているんだか、笑《わら》っているんだかわからないような声《こえ》がはしりでた。

「どうしたんだよ？」

英治《えいじ》がのぞきこむ。

「カッキーがいけないのよ」

障子《しょうじ》があいて、大沢《おおさわ》が廊下《ろうか》へ出《で》た。相原《あいはら》と英治《えいじ》が姿《すがた》をかくした。

「どうなさいました？」

ひとみは、しなをつくって言《い》う。

「トイレに行《い》きたいんだが……」

「トイレでしたら、廊下《ろうか》の突《つ》きあたりです」

大沢《おおさわ》の姿《すがた》が消《き》えると同時《どうじ》に、相原《あいはら》と英治《えいじ》と柿沼《かきぬま》が顔《かお》を出《だ》した。

「とうとう、来《き》たか？」

柿沼《かきぬま》がきくと英治《えいじ》が、

「いま行《い》った」

と言《い》う。

「もどってきたら、第《だい》二波《は》、第《だい》三波《ば》がつづけて襲《おそ》うからな」

「よし、第《だい》三波《ば》でトイレを占領《せんりょう》しよう」

相原《あいはら》が言《い》った。

トイレを占領《せんりょう》するとは、二つあるトイレに天野《あまの》と日比野《ひびの》が入《はい》って、大沢《おおさわ》に使用《しよう》させないようにするのだ。

大沢《おおさわ》がトイレを出《で》て、部屋《へや》に入《はい》った。柿沼《かきぬま》が時計《とけい》を見《み》て、

「三分《ぷん》で出《で》てくるぞ」

と言《い》った。

「二分《ふん》五十五秒《びょう》、三分《ぷん》、三分《ぷん》五秒《びょう》」

また大沢《おおさわ》が廊下《ろうか》に出《で》てきた。こんどはさっきより急《いそ》ぎ足《あし》でトイレに向《む》かう。

「だんだん効《き》いてきたな、これからだぞ」

大沢《おおさわ》がもどってきた。顔面蒼白《がんめんそうはく》で目《め》もうつろである。

「天野《あまの》と日比野《ひびの》、行《い》け」

相原《あいはら》がふり向《む》いて言《い》うと、天野《あまの》と日比野《ひびの》が指《ゆび》で丸《まる》をつくりながら、ゆっくりとトイレに向《む》かう。

「簡易《かんい》トイレの準備《じゅんび》はできてるな？」

相原《あいはら》は、安永《やすなが》に言《い》った。安永《やすなが》が指《ゆび》で丸《まる》をつくって消《き》えた。

「ひとみ、行《い》け」

ひとみが部屋《へや》に入《はい》ると、大沢《おおさわ》は壁《かべ》の一点《いってん》をにらんだまま正座《せいざ》している。

「どうかなさいましたか？」

「何《なに》かにあたったらしい。腹下《はらくだ》りだ」

大沢《おおさわ》は、うめくようにつぶやく。

「それはいけませんね。何《なに》かお薬《くすり》をお持《も》ちしましょうか？」

「うん。頼《たの》む」

声《こえ》もたえだえである。

「あ、また行《い》きたくなった」

大沢《おおさわ》は、ころげるように廊下《ろうか》へ出《で》た。しばらくして、部屋《へや》にもどってきたときは、ほとんど声《こえ》も出《で》ない。

「あ、あ、あ」

と言《い》ったまま座《すわ》りこんでしまった。

「どうなさいました？」

「トイレが、トイレが……」

「トイレがどうしました？」

「満員《まんいん》だ」

ひとみは、もう少《すこ》しで吹《ふ》きだしそうになった。

「頼《たの》む、なんとかしてくれ。ここで出《で》てしまいそうだ」

「それは困《こま》ります。簡易《かんい》トイレでよかったらご案内《あんない》します」

「なんでもいい、頼《たの》む、助《たす》けてくれ」

大沢《おおさわ》は、手《て》を合《あ》わせてひとみを拝《おが》んだ。

「ではどうぞ」

ひとみのうしろから大沢《おおさわ》が、「出《で》る、出《で》る」と言《い》いながら、腰《こし》をまげてついてくる。

「いよいよ獲物《えもの》が入《はい》るぞ」

相原《あいはら》が英治《えいじ》にささやく。それは、いまは死《し》んでしまった大型犬《おおがたけん》の八五郎《はちごろう》が入《はい》っていた犬小屋《いぬごや》で、タテ、ヨコ、タカサが一・五メートルくらいある。

そのまわりを白《しろ》いシーツでおおい、中《なか》に携帯《けいたい》トイレが置《お》いてある。

大沢《おおさわ》は、ひとみの案内《あんない》で、背《せ》をかがめて犬小屋《いぬごや》に入《はい》り、入《い》り口《ぐち》の戸《と》を閉《し》めた。

「かかったぞ！」

相原《あいはら》が大声《おおごえ》で叫《さけ》ぶと、安永《やすなが》、天野《あまの》、日比野《ひびの》、久美子《くみこ》、青葉《あおば》、ルミ、由美子《ゆみこ》、柿沼《かきぬま》たちが、ぞくぞくと集《あつ》まってきた。

ひとみが入《い》り口《ぐち》の戸《と》に大型《おおがた》の南京錠《なんきんじょう》をがしゃんとはめた。

安永《やすなが》が、犬小屋《いぬごや》をおおっていたシーツをはずす。すると、犬小屋《いぬごや》の中央《ちゅうおう》に置《お》かれた携帯《けいたい》トイレに、大《お》沢《さわ》が、ちょこんと座《すわ》っていた。

「どうだい、おっさん。もうそろそろ腹下《はらくだ》りもおさまってきたろう？」

柿沼《かきぬま》が言《い》うと、大沢《おおさわ》は、あぜんとして周囲《しゅうい》を見《み》まわすばかり。

瀬川《せがわ》がやってくると、

「どうだ、居心地《いごこち》は？」

ときいた。

「じじい、これはなんのまねだ？」

「間抜《まぬ》けな犬《いぬ》を一匹《ぴき》つかまえたのさ」

「こんなことをして、マフィアがだまっていると思《おも》うのか？」

「だまっていなかったらどうする？」

「おまえたち、みな殺《ごろ》しにされるぞ」

「檻《おり》の中《なか》でわめいたって、だれも信用《しんよう》しねえよ。それより自分《じぶん》のことを心配《しんぱい》したらどうだ？」

安永《やすなが》が棒《ぼう》で大沢《おおさわ》の横腹《よこばら》をつついた。

「くすぐるのはやめろ」

大沢《おおさわ》がわめく。

「こいつのバッグを調《しら》べたら、一千万円《まんえん》の札束《さつたば》は、上《うえ》と下《した》が一万円札《いちまんえんさつ》で、真《ま》ん中《なか》はマンガだったぞ」

中尾《なかお》が札束《さつたば》を持《も》ってきた。

「おれたちをだますつもりだったんだな？」

安永《やすなが》が、また棒《ぼう》でつついた。

「それはやめてくれ。ボスがこれしか金《かね》をわたしてくれなかったんだ」

「いいか、きょうからおれたちがおまえのボスだ」

「だめだ、裏切《うらぎ》ったらボスに殺《ころ》される」

「おれたちを子《こ》どもだと思《おも》ってなめちゃいけねえぜ」

日比野《ひびの》は、かっこうをつけて言《い》った。

「おまえたちの組《くみ》の名前《なまえ》を教《おし》えろ」

「おれたちの組《くみ》の名前《なまえ》か？」

日比野《ひびの》は、のどにあめがひっかかったような声《こえ》を出《だ》したので、英治《えいじ》がすばやくフォローした。

「おれたちの組《くみ》の名前《なまえ》はマイイヤっていうんだ」

「マイイヤ？　マフィアに似《に》てるな？」

「それはまあいいや」

みんなが、大沢《おおさわ》に背中《せなか》を向《む》けて笑《わら》っている。

「おれの命《いのち》を守《まも》ってくれるなら、マイイヤの子分《こぶん》になっても、まあいいや」

こいつ、案外《あんがい》やるう。

「よし、命《いのち》は守《まも》ってやる。そのうえヴィットリオはわたさないが、ヴィットリオの秘密《ひみつ》は教《おし》えてやる」

「ほんとうか？」

「ほんとうだとも、ヴィットリオの秘密《ひみつ》は」

英治《えいじ》は、そこで相原《あいはら》を見《み》た。相原《あいはら》がうなずいた。

「美術館《びじゅつかん》？」

大沢《おおさわ》が聞《き》きなおした。

「イタリア語《ご》でガッレーリアというんだ」

「そうか、美術館《びじゅつかん》か」

「心《こころ》あたりがあるか？」

大沢《おおさわ》は、だまってしまった。

これは、知《し》っていることを意味《いみ》するのか。それとも知《し》らないことを意味《いみ》するのか。

英治《えいじ》には、わからない。

「おれをここから出《だ》してくれ」

「おれたちは、あさって学園祭《がくえんさい》をやる、そのときボスを呼《よ》んできて、おまえが通訳《つうやく》をするなら、出《だ》してやる」

「ボスを呼《よ》んでどうするんだ？」

「歌《うた》を歌《うた》ってもらうんだ」

「なんの歌《うた》だ？」

「オーソレミオさ」

「それなら、ボスの得意《とくい》な歌《うた》だ」

マフィアに歌《うた》を歌《うた》わせるなんて、相原《あいはら》も、とんでもないことを思《おも》いついたものだ。

「これじゃ、赤《あか》ずきんよりカルメンのほうが似合《にあ》うぜ」

柿沼《かきぬま》が言《い》った。

「いまさらカルメンはできねえよ」

「そうか。まあいいや」

これから、みんなの間《あいだ》で、まあいいやは流行語《りゅうこうご》になりそうだ。

5

「PTA《ピーティーエー》のみなさま、お父《とう》さま、お母《かあ》さま、そしてご町内《ちょうない》のみなさま。本日《ほんじつ》はよくいらっしゃいました。ではただいまから、三年《ねん》一組《くみ》のドキュメンタリー・ドラマをお見《み》せいたします」

舞台《ぶたい》の袖《そで》にあるマイクに向《む》かって、天野《あまの》がしゃべっている。

「天野《あまの》、のってるな」

相原《あいはら》が言《い》った。

「のりすぎて脱線《だっせん》するのがヤバイぜ」

「あいつは、いつかテレビタレントになるとみた」

安永《やすなが》も、ほれぼれと聞《き》き入《い》っている。

「そのまえに、ちょっとだけ聞《き》いてください。みなさまにお配《くば》りしたプログラムには、三年《ねん》一組《くみ》の演《だ》し物《もの》は『赤《あか》ずきんと七人《にん》の小人《こびと》たち』となっていると思《おも》います。この題《だい》をごらんになって、そうか二つの童話《どうわ》を合体《がったい》させた、いいかげんなものだと思《おも》われた方《かた》も多《おお》いと思《おも》います。ところが、じつはそう思《おも》わせるのが、ぼくらの作戦《さくせん》だったのです」

観客席《かんきゃくせき》には、招待《しょうたい》した永楽荘《えいらくそう》の老人《ろうじん》たちが十数人《じゅうすうにん》いる。その老人《ろうじん》たちが、口《くち》ぐちに、

「早《はや》くはじめろオ」

「気《き》をもたすなア」

と、わめき立《た》てる。たいへんな騒《さわ》がしさで、子《こ》どもの比《ひ》ではない。

「はいはい、もうすぐ開幕《かいまく》しますから、ちょっと待《ま》ってください。では、タイトルをどうぞ」

舞台《ぶたい》の袖《そで》で相原《あいはら》が「よし」と言《い》うと、三年《ねん》一組《くみ》の十一人《にん》の女子生徒《じょしせいと》が赤《あか》いベレーをかぶり、手《て》にはボードを持《も》って、さっと舞台《ぶたい》に走《はし》りでると、横《よこ》一列《れつ》に並《なら》んだ。

赤《あか》ずきんとマイイヤたち

つづいて男子生徒《だんしせいと》が七人《にん》、やはり右手《みぎて》にボードを持《も》って舞台《ぶたい》に走《はし》りでる。こちらは黒《くろ》いソフト、黒《くろ》い服《ふく》、黒《くろ》めがね。左手《ひだりて》にはピストルを持《も》っている。

とマフィアたち

場内《じょうない》からいっせいに拍手《はくしゅ》が起《お》こった。

「このドラマは、実際《じっさい》にあったことを、わがクラスの名脚本家《めいきゃくほんか》中尾《なかお》が脚色《きゃくしょく》した苦心《くしん》の作《さく》、つまりドキュメンタリー・ドラマであります」

「早《はや》くやれェ」

また、老人《ろうじん》がどなる。

「おじいさん、人生《じんせい》は急《いそ》ぐと早《はや》く終《お》わっちゃうよ。ではただいまからコーダ・ディ・ブェさんをご紹介《しょうかい》します。コーダさんはホンモノのイタリアマフィアで、いままであの世《よ》に送《おく》った人《ひと》の数《かず》は、十の指《ゆび》では足《た》りません」

「コーダ・ディ・ブェってどういう意味《いみ》だ?」

立石《たていし》が英治《えいじ》の耳《みみ》に口《くち》をつけてきいた。

「牛《うし》のしっぽって意味《いみ》だってさ。矢場《やば》さんが教《おし》えてくれたんだ」

「牛《うし》のしっぽ? あの野郎《やろう》ふざけやがって」

立石《たていし》は、いまにも吹《ふ》きだしそうになった。

「そのコーダさんが、ぼくらのために特別《とくべつ》にイタリアの歌《うた》を歌《うた》ってくださることになりました。題名《だいめい》はみなさまご存知《ぞんじ》の『オーソレミオ』わたしの太陽《たいよう》です。では、コーダさんどうぞ」

大沢《おおさわ》のボスであるコシモが、黒《くろ》のタキシードを着《き》て、突《つ》きでた腹《はら》をゆするようにして舞台《ぶたい》の中央《ちゅうおう》に進《すす》んだ。

天野《あまの》が殺《ころ》し屋《や》のマフィアと言《い》ったのが効《き》いたのか、場内《じょうない》は一瞬《いっしゅん》しんとなった。

コシモは、オーソレミオを歌《うた》いだした。すばらしいテノールだ。

「うまいなあ、イタリア人《じん》って、マフィアでもあんなに歌《うた》がうまいのか？」

日比野《ひびの》が、放心《ほうしん》したように聞《き》きいっている。

コシモの歌《うた》が終《お》わると、割《わ》れるような拍手《はくしゅ》が起《お》こった。

「グラッツェ、コーダ・ディ・ブェ（ありがとう、牛《うし》のしっぽ）」

天野《あまの》が手《て》をあげて言《い》った。英治《えいじ》は笑《わら》いたいのをがまんするので息《いき》が止《と》まりそうだ。

コシモが袖《そで》に消《き》え、天野《あまの》はつづける。

「では、聖者《せいじゃ》の行進《こうしん》でない、マフィアの行進《こうしん》」

聖者《せいじゃ》の行進《こうしん》の音楽《おんがく》が流《なが》れると同時《どうじ》に、舞台奥《ぶたいおく》に一列《れつ》に並《なら》んでいた『赤《あか》ずきんとマイイヤたちとマフィアたち』のボードを持《も》った十八人《にん》の男女《だんじょ》が、舞台《ぶたい》を一巡《いちじゅん》して袖《そで》に引《ひ》っこむ。

舞台《ぶたい》は暗転《あんてん》。

「第《だい》一幕《まく》　救出大作戦《きゅうしゅつだいさくせん》」

天野《あまの》の声《こえ》だけが聞《き》こえた。幕《まく》がゆっくりと上《あ》がる。

第《だい》一幕《まく》は、由美子《ゆみこ》救出作戦《きゅうしゅつさくせん》を中尾《なかお》がうまくまとめた。

もちろん、本人《ほんにん》の由美子《ゆみこ》と青葉《あおば》のおばあちゃんは特別出演《とくべつしゅつえん》である。

第《だい》一幕《まく》が終《お》わると、いっせいに拍手《はくしゅ》が起《お》こり、しばらく鳴《な》りやまない。

南原《なんばら》が血相《けっそう》を変《か》えて舞台《ぶたい》に駆《か》けあがってきた。

「この劇《げき》はなんだ？　赤《あか》ずきんなんてどこにもいないじゃないか。赤《あか》ずきんはいったいどうした？」

相原《あいはら》は、南原《なんばら》がわめくのを無視《むし》して、

「赤《あか》ずきんちゃーん。出《で》ておいでー」

と、観客席《かんきゃくせき》に向《む》かってどなった。すると、観客席《かんきゃくせき》のいちばんうしろから、

「はーい」

という声《こえ》とともに、ひとみ、純子《じゅんこ》、佐織《さおり》、律子《りつこ》の四人《にん》が、赤《あか》ずきんちゃんスタイルであらわれ、腕《うで》に抱《かか》えたかごから、観客《かんきゃく》にキャンデーをくばりながら、舞台《ぶたい》までやってきた。そして、南原《なんばら》を指《ゆび》さすと、

「あ、先生《せんせい》に化《ば》けた狼《おおかみ》がいる。きっと南原先生《なんばらせんせい》を食《た》べちゃったんだわ」

と、ひとみが言《い》う。つづいて純子《じゅんこ》が、

「だれか、あの狼《おおかみ》をやっつけて」

と叫《さけ》ぶ。舞台《ぶたい》の袖《そで》から猟師《りょうし》のかっこうをした、安永《やすなが》、柿沼《かきぬま》、立石《たていし》があらわれた。

三人《にん》とも、手《て》には赤《あか》い絵《え》の具《ぐ》を、べったりしみこませた筆《ふで》を持《も》っている。

「きみたちは？」

南原《なんばら》は、三人《にん》を見《み》て後《あと》ずさりした。

「南原先生《なんばらせんせい》を食《た》べた狼《おおかみ》をやっつけろ」

と言《い》うが早《はや》いか、三人《にん》は南原《なんばら》に飛《と》びかかり、赤《あか》い絵《え》の具《ぐ》で南原《なんばら》の顔《かお》を真《ま》っ赤《か》にしてしまった。

「赤《あか》ずきんちゃん、もうだいじょうぶ。狼《おおかみ》はやっつけたよ」

と、安永《やすなが》が言《い》う。するとひとみが、

「そのお腹《なか》の中《なか》に南原先生《なんばらせんせい》がいるから、出《だ》してあげて」

「うん、わかったよ」

三人《にん》は、南原《なんばら》のお腹《なか》をいっせいにくすぐりはじめた。

「やめろ、やめろ」

南原《なんばら》は暴《あば》れまわるが、三人《にん》に押《お》さえつけられてはどうにもならない。笑《わら》いとも悲鳴《ひめい》ともつかぬ声《こえ》で、

「おれは狼《おおかみ》じゃない！」

すると三人《にん》は、いっそう激《はげ》しく南原《なんばら》をくすぐる。

「このうそつき狼《おおかみ》。早《はや》く先生《せんせい》をお腹《なか》から出《だ》せ」

「おねがいだからやめてくれ。死《し》にそうだ」

「内申書《ないしんしょ》をうまく書《か》いてくれたらやめてやるが、どうだ？」

柿沼《かきぬま》がくすぐりながら言《い》う。

「そんなことはできん」

「よし、ではもっとやれ」

こんどは、ひとみ、純子《じゅんこ》、佐織《さおり》、律子《りつこ》の四人《にん》の赤《あか》ずきんたちも仲間《なかま》に加《くわ》わった。

「書《か》く、いい点《てん》にしておくからやめてくれ」

とたんに、七人《にん》は南原《なんばら》の体《からだ》から離《はな》れた。南原《なんばら》は、服《ふく》も乱《みだ》れてぐったりと横《よこ》たわっている。

「こうして、悪《わる》い狼《おおかみ》をやっつけ、南原先生《なんばらせんせい》を救《すく》いだすことができ、赤《あか》ずきんちゃんと猟師《りょうし》たちは、内《ない》申書《しんしょ》をおみやげに家《いえ》に帰《かえ》りました。めでたし、めでたし」

天野《あまの》がアドリブで放送《ほうそう》した。

ふたたび、まえにも増《ま》して激《はげ》しい拍手《はくしゅ》がわきおこった。

舞台《ぶたい》は暗転《あんてん》し、七人《にん》は南原《なんばら》を抱《だ》きかかえるようにして袖《そで》に帰《かえ》ってきた。

「先生《せんせい》に特別出演《とくべつしゅつえん》してもらって、盛《も》りあげることができました。ありがとうございます」

相原《あいはら》と英治《えいじ》がそろって頭《あたま》を下《さ》げた。

「おまえたちは、おれを愚弄《ぐろう》する気《き》か。それなら、こっちにも覚悟《かくご》があるぞ」

南原《なんばら》の顔《かお》は絵《え》の具《ぐ》で真《ま》っ赤《か》になって、まるでプロレスのヒールである。

「これは南原先生《なんばらせんせい》じゃない。悪《わる》い狼《おおかみ》だぞ」

安永《やすなが》が一歩前《いっぽまえ》へ進《すす》むと、南原《なんばら》は両手《りょうて》を前《まえ》に突《つ》きだして、

「ちがう。おれだ、おれだ。南原《なんばら》だ」

とわめいた。その目《め》には、ふたたびさっきの恐怖《きょうふ》の色《いろ》が漂《ただよ》いはじめた。

6

第《だい》一幕《まく》のあとにハプニングが起《お》こってしまったので、第《だい》二幕《まく》をやることはできなかったが、三年《ねん》一組《くみ》の評判《ひょうばん》は、生徒《せいと》には大受《おおう》けに受《う》けたが、教師《きょうし》やPTA《ピーティーエー》からは大目玉《おおめだま》をくらった。

もちろん、大目玉《おおめだま》をくらったのは南原《なんばら》だが、これはちょっと気《き》の毒《どく》だった。

「先生《せんせい》、卒業式《そつぎょうしき》の前《まえ》には、みんなで先生《せんせい》を慰《なぐさ》める会《かい》をやるから、それまでがまんしてね」

こういうとき、ひとみのねこなで声《ごえ》は実《じつ》に効果的《こうかてき》なのだ。

「そうか、きみたちがそう思《おも》っておるならがまんしよう」

「ぼくらは、先生《せんせい》にめぐり合《あ》えたことを一生《いっしょう》の思《おも》い出《で》にします」

柿沼《かきぬま》がぬけぬけと言《い》う。

「カッキー、やりすぎ」

英治《えいじ》が柿沼《かきぬま》の背中《せなか》をつつく。しかし、南原《なんばら》は、

「うむ」

と言《い》ったきり、目《め》をうるませてしまった。

南原《なんばら》って、案外《あんがい》いいやつなのかもしれないな。

英治《えいじ》は、少《すこ》しばかり南原《なんばら》が好《す》きになった。


その夜《よる》相原《あいはら》の家《いえ》で、学園祭《がくえんさい》の打《う》ち上《あ》げパーティーをやっていると、矢場《やば》がやってきた。

「矢場《やば》さん、おれたちきょう、マフィアにオーソレミオを歌《うた》わせちゃったぜ」

日比野《ひびの》が、腹《はら》を突《つ》きだして歌《うた》うまねをした。

「きみたちは、あのおやじさんをマフィアだと思《おも》っているのか？」

矢場《やば》が意外《いがい》なことを言《い》うので、みんながいっせいに矢場《やば》の顔《かお》に注目《ちゅうもく》した。

「それ、どういうこと？」

英治《えいじ》がきいた。

「あのおやじは、青山《あおやま》でイタリア料理店《りょうりてん》『オーソレミオ』をやっているんだ」

「うっそお」

久美子《くみこ》が大《おお》きい声《こえ》を出《だ》した。

「うそだと思《おも》うなら行《い》ってみろ。あのおやじは、毎晩客《まいばんきゃく》にサービスのためオーソレミオを歌《うた》っているんだ」

――それ、どういうこと？

英治《えいじ》の頭《あたま》が混乱《こんらん》しだした。

「マフィアなんて、もともといやしなかったのさ。みんな大沢《おおさわ》のでっちあげたホラ話《ばなし》さ」

「ええっ？」

ひとみが大《おお》きい声《こえ》を出《だ》した。

「大沢司《おおさわつかさ》って字《じ》を見《み》てみろ、ダイサワシって読《よ》めるだろう？」

矢場《やば》は、ノートに大沢司《おおさわつかさ》と書《か》くと、その隣《となり》に、大詐話師《だいさわし》と書《か》いた。

「こっちのダイサワシは、でかいインチキ話《ばなし》をするやつっていう意味《いみ》だ」

「じゃあ、大沢司《おおさわつかさ》って本名《ほんみょう》じゃないの？」

相原《あいはら》がきいた。

「ペンネームというより、ビジネスネームと言《い》ったほうがいいかな、やつはこういう名前《なまえ》をつけることで、いちおう筋《すじ》を通《とお》していると考《かんが》えているんだ」

「やられた。じゃあヴィットリオは？」

英治《えいじ》は、頭《あたま》をなぐられたようなショックだったが、不思議《ふしぎ》に腹《はら》は立《た》たない。

「こんどの贋作事件《がんさくじけん》は複雑《ふくざつ》だから、筋《すじ》を追《お》って話《はな》す。まず、愛美術館《あいびじゅつかん》にあったラファエロは、ニセモノだという電話《でんわ》がおれにかかってきたのが発端《ほったん》だ」

矢場《やば》は、置《お》いてあるウーロン茶《ちゃ》をまずそうに飲《の》んだ。

「ビールがなくてわるいね」

相原《あいはら》が言《い》うと、

「まあいい。おれにその情報《じょうほう》を教《おし》えたのは大沢《おおさわ》だ。もちろん、その当時《とうじ》は大沢《おおさわ》だったとは知《し》らない」

「なぜ、大沢《おおさわ》は矢場《やば》さんに話《はな》したのかな？」

英治《えいじ》は首《くび》をかしげた。

「そういう情報《じょうほう》を聞《き》けば、おれは確認《かくにん》のため愛美術館《あいびじゅつかん》に問《と》い合《あ》わせる。ところが館長《かんちょう》は、ニセモノではないかというわさをそれまでにも、何度《なんど》か聞《き》いているので、不安《ふあん》を感《かん》じ、取材《しゅざい》をやめてくれと頼《たの》んだ」

「それで、フィレンツェに行《い》くことを思《おも》いついたの？」

「行《い》けと言《い》ってきたのは大沢《おおさわ》だ。大沢《おおさわ》はその一方《いっぽう》で、愛美術館《あいびじゅつかん》の館長《かんちょう》に、おれが動《うご》きだしていることを話《はな》して、揺《ゆ》さぶりをかけていたんだ」

「相当《そうとう》なワルだな」

天野《あまの》が言《い》った。

「そのうえ、おれにはマフィアがらみだなんて話《はなし》を吹《ふ》きこんだ」

「マフィアはうそなの？」

「マフィアなんて全然関係《ぜんぜんかんけい》なかったんだ。ところが、おれたちはマフィアと聞《き》くと、すごくヤバイと思《おも》ってしまう。すると、正常《せいじょう》な判断《はんだん》が狂《くる》う。それがつけ目《め》だったんだ」

「そうかあ」

相原《あいはら》がしきりに感心《かんしん》した。

「おれは向《む》こうで、美術館《びじゅつかん》やアンティークの店《みせ》をまわった挙《あ》げ句《く》、やっとマリオに会《あ》った。ところが、このおれの動《うご》きを大沢《おおさわ》は逐一館長《ちくいちかんちょう》に報告《ほうこく》していたんだ」

「そのあとパリへ行《い》くわけだね？」

「ローマに行《い》き、それからパリののみの市《いち》に行《い》き、ある男《おとこ》から、本物《ほんもの》は日本《にほん》にあることを知《し》らされる」

「ある男《おとこ》って？」

「知《し》らん。マリオに頼《たの》まれたと言《い》っていたが、どうせぐるだろう」

「ヴィットリオのこと聞《き》かせて」

久美子《くみこ》が言《い》った。

「館長《かんちょう》が絵《え》を買《か》ったのは、パリの画商《がしょう》だが、館長《かんちょう》はその絵《え》がニセモノだと言《い》って動《うご》いているグループがいることをパリの画商《がしょう》に連絡《れんらく》する。画商《がしょう》はそれがマリオであることを知《し》り、おまえの息子《むすこ》の命《いのち》が危《あぶ》ないぞと脅迫《きょうはく》する。そこで息子《むすこ》を日本《にほん》へ避難《ひなん》させたってわけさ」

「矢場《やば》さんが頼《たの》まれたんだろう？」

「どこか知《し》り合《あ》いはいないかと言《い》うので、瀬川《せがわ》さんを紹介《しょうかい》した。そうしたら、仲間《なかま》の大沢《おおさわ》が叔父《おじ》になりすまして、成田《なりた》へ迎《むか》えに行《い》ったんだ」

「ヴィットリオのＴ《ティー》シャツにあった、美術館《びじゅつかん》という縫《ぬ》い取《と》りはなんだったの？」

久美子《くみこ》がきいた。

「あれは、万一《まんいち》ヴィットリオの命《いのち》が危《あぶ》なくなったとき、これを見《み》せろと言《い》いきかせてあった。言《い》ってみれば、救助信号《きゅうじょしんごう》みたいなものさ」

「大沢《おおさわ》は、ヴィットリオを懸命《けんめい》になって捜《さが》したけれど、あれはマリオを裏切《うらぎ》ったんだよね？」

相原《あいはら》がきいた。

「大沢《おおさわ》には節操《せっそう》なんてものは、これっぽっちもありゃしない。パリの画商《がしょう》に金《かね》で買《か》われたんだ」

「絵《え》を盗《ぬす》んだ犯人《はんにん》はだれなの？」

英治《えいじ》がきいた。

「画商《がしょう》が大沢《おおさわ》に頼《たの》んで盗《ぬす》ませた。もちろん、館長《かんちょう》の手引《てび》きでだ。でなきゃ、あんなにうまくは盗《ぬす》みだせるもんじゃない」

「大沢《おおさわ》のやつ、盗《ぬす》みはしないって言《い》ったくせに」

英治《えいじ》は、ずるそうな目《め》をした大沢《おおさわ》の顔《かお》をまざまざと思《おも》いだした。

「あいつらは、言《い》ってることが、うそかほんとうか、自分《じぶん》でも見分《みわ》けがつかないんだろう」

「美術館《びじゅつかん》の縫《ぬ》いとりを大沢《おおさわ》は知《し》っていたのかな？」

相原《あいはら》がきいた。

「知《し》らない。それを知《し》って大沢《おおさわ》はおどろいた。自分《じぶん》がニセモノと思《おも》って盗《ぬす》んだラファエロは、実《じつ》はほんものだったんだ」

「ええっ、そんなのあり？」

ひとみが、大《おお》きい目《め》をいっそう大《おお》きく見開《みひら》いた。

「こういうことなんだ。パリの画商《がしょう》は、いったん愛美術館《あいびじゅつかん》に売《う》ったラファエロを取《と》りもどしたくなり、ニセモノのうわさを流《なが》した」

「なんだ、黒幕《くろまく》はマフィアでなくてパリの画商《がしょう》だったのか？」

「そうだ。そして館長《かんちょう》に盗《ぬす》みだすという悪知恵《わるぢえ》を授《さず》ける。盗《ぬす》まれればニセモノを買《か》ったというスキャンダルから逃《のが》れられるので、館長《かんちょう》はオーケーする」

「そうなると、あの絵《え》はどうなってるの？」

久美子《くみこ》がきいた。

「いまごろ、ヨーロッパの蒐集家《しゅうしゅうか》の手《て》もとにあるだろう」

「盗《ぬす》まれたものだぜ」

英治《えいじ》には納得《なっとく》いかない。

「日本《にほん》の美術館《びじゅつかん》で盗《ぬす》まれたのはニセモノで、これはホンモノだから関係《かんけい》ない」

「へえ……」

英治《えいじ》は大《おお》きなため息《いき》が出《で》た。あとの言葉《ことば》がない。

「名画《めいが》に何億《なんおく》も何十億《なんじゅうおく》も値段《ねだん》がつくこと自体《じたい》おかしいんだよ。これでは芸術《げいじゅつ》の対象《たいしょう》というより金《かね》もうけの対象《たいしょう》になってしまった。おかしな世《よ》の中《なか》になったものだ」

「ラファエロが泣《な》いてるね」

律子《りつこ》が言《い》った。

「荒井《あらい》神経科《しんけいか》に売《う》ったピカソもインチキなんだろう？」

英治《えいじ》がきいた。

「いや、あれはホンモノだそうだ」

「信《しん》じられない」

純子《じゅんこ》が言《い》った。

「大沢《おおさわ》はホンモノと信《しん》じているが、実際《じっさい》はどうかわからん」

「ホンモノだって、ニセモノだって、どっちでもいいと思《おも》うけどな」

「菊地《きくち》が言《い》うとおりだ。どっちでもいいんだよ。おれはそんなことより、由美子《ゆみこ》ちゃんがどうなったか、そっちのほうが心配《しんぱい》だ」

「彼女《かのじょ》は、あしたから学校《がっこう》に出《で》てくると言《い》ったよ」

久美子《くみこ》が言《い》った。

「じゃあ、もう完全《かんぜん》に立《た》ち直《なお》ったんだな?」

矢場《やば》が念《ねん》を押《お》した。

「そう言《い》われると自信《じしん》ないけど、でも、いままでとちがって、友《とも》だちができたからいいんじゃないの」

「友《とも》だちがいればだいじょうぶだ」

矢場《やば》は何度《なんど》もうなずいた。

「ヴィットリオはどうなるの?」

「ママが引《ひ》きとることになった」

「ママが引《ひ》きとってくれるの? よかった」

久美子《くみこ》は、自分《じぶん》のことみたいに明《あか》るい顔《かお》になった。

「きみらも、あと半年《はんとし》で卒業《そつぎょう》だな」

矢場《やば》がちょっと感傷的《かんしょうてき》な声《こえ》を出《だ》した。

「それを言《い》わないで」

ひとみが矢場《やば》の口《くち》をおさえた。

「卒業《そつぎょう》したって、どうせいたずらはつづけるんだろう?」

「いたずらのない人生《じんせい》なんて、生《い》きている意味《いみ》がない」

英治《えいじ》が考《かんが》えるより先《さき》に、言葉《ことば》のほうが出《で》てきてしまった。

「そうよ。菊地《きくち》くんいいこと言《い》う」

ひとみが真《ま》っ先《さき》に手《て》をたたいた。つづいてみんなも「そうだ、そうだ」と、手《て》をたたいた。

「まあな」

英治《えいじ》のほおは、ゆるみはじめて止《と》まらなくなった。

あとがき

友《とも》を救《すく》うためならば、親《おや》も先生《せんせい》もだましますーー

最近《さいきん》、中学生《ちゅうがくせい》の不登校《ふとうこう》が増《ふ》えているそうだ。原因《げんいん》はいろいろあるだろうが、それを救《すく》えるのは友《とも》だちしかいないという気《き》がする。友《とも》だちが手《て》を差《さ》しのべてあげれば、学校《がっこう》はおのずと楽《たの》しくなると思《おも》う。

本書《ほんしょ》に登場《とうじょう》する不登校児《ふとうこうじ》の河辺由美子《かわべゆみこ》は、精神科《せいしんか》の病院《びょういん》にかかれば治《なお》ると親《おや》が勝手《かって》に決《き》めつけて入院《にゅういん》させられてしまう。

一方《いっぽう》、学園祭《がくえんさい》が近《ちか》づき、クラスの演《だ》し物《もの》を考《かんが》えるよう担任《たんにん》の南原《なんばら》から言《い》われたぼくらは、苦《くる》しまぎれに『赤《あか》ずきんと七人《にん》の小人《こびと》たち』というふざけた題名《だいめい》の演劇《えんげき》をすることを決《き》めるが、肝心《かんじん》の内容《ないよう》が固《かた》まらない。

そんな時《とき》、イタリアからヴィットリオという少年《しょうねん》がやってくる。だが、彼《かれ》はマフィアに狙《ねら》われているという。大騒動《だいそうどう》の中《なか》、ぼくらはヴィットリオをマフィアからかくまい、由美子《ゆみこ》を病院《びょういん》から救《すく》いだすための奇想天外《きそうてんがい》な方法《ほうほう》を思《おも》いつく。

そしていよいよ学園祭《がくえんさい》の日《ひ》がやってきた。そこでぼくらは文字通《もじどお》りの大芝居《おおしばい》を仕《し》かける。

由美子《ゆみこ》の特別出演《とくべつしゅつえん》に始《はじ》まり、マフィアにはオーソレミオを歌《うた》わせる。挙《あ》げ句《く》の果《は》てには、南原《なんばら》を舞台《ぶたい》に上《あ》げて狼《おおかみ》に仕立《した》て上《あ》げると、みんなでくすぐりの刑《けい》だ。

ぼくらの思《おも》いきりのいたずらで『赤《あか》ずきんと七人《にん》の小人《こびと》たち』は大成功《だいせいこう》。ここまでやれば、思《おも》い残《のこ》すことなく中学《ちゅうがく》を卒業《そつぎょう》できるだろう。

最近《さいきん》はＬＩＮＥ《ライン》などによるいじめが横行《おうこう》して、学校生活《がっこうせいかつ》は陰湿《いんしつ》になり、ぼくらのような元気《げんき》いっぱいな中学生《ちゅうがくせい》が少《すく》なくなってしまったように思《おも》う。

それだけに読者《どくしゃ》のみんなは、こんないたずらなんてとてもできないと思《おも》うかもしれない。でも、考《かんが》えてみてほしい。中学時代《ちゅうがくじだい》は、長《なが》い人生《じんせい》において二度《にど》と味《あじ》わうことのできない大切《たいせつ》な時《とき》だ。最後《さいご》に、英治《えいじ》の「いたずらのない人生《じんせい》なんて、生《い》きている意味《いみ》がない」というせりふがあるが、これがこの物語《ものがたり》のモチーフだ。

中学生《ちゅうがくせい》の時《とき》くらい、思《おも》いきりいたずらをしてほしいというのがぼくの思《おも》いだ。

ぼくの中学時代《ちゅうがくじだい》は戦争真《せんそうま》っ盛《さか》りだったので、いたずらどころではなかった。それどころか、最後《さいご》にはお国《くに》のために死《し》ねといわれた。今《いま》のきみたちには想像《そうぞう》もつかないだろうけれど、そんな時代《じだい》もあったのだ。二度《にど》とそんな歴史《れきし》を繰《く》りかえしてはならない。そう思《おも》いながら、本《ほん》の中《なか》の子《こ》どもたちに思《おも》う存分《ぞんぶん》いたずらをさせているのだ。

きみたちが大人《おとな》になるころまでには、世界《せかい》は今《いま》までにないスピードで変化《へんか》していくだろう。ロボットが街《まち》を闊歩《かっぽ》し、人工知能《じんこうちのう》が人間《にんげん》を超《こ》えるかもしれない。

そんな未来《みらい》を生《い》きぬくためには、ただ親《おや》や先生《せんせい》の言《い》いなりになっているだけでは世《よ》の中《なか》の変化《へんか》についていけない。もっともっと勉強《べんきょう》が必要《ひつよう》だ。その基礎《きそ》をつくるのが、まさに中学時代《ちゅうがくじだい》だということを心《こころ》に刻《きざ》みつけてほしい。

そして、そのエネルギーの源《みなもと》になるのがいたずらだということも忘《わす》れずに。

いま、二〇一六年《ねん》三月発売予定《がつはつばいよてい》の「2年A組探偵局《ねんエーくみたんていきょく》」の新作《しんさく》を書《か》いている。今回《こんかい》は、有季《ゆうき》たちのライバルとなる怪盗《かいとう》がロンドンに出没《しゅつぼつ》する。現地《げんち》へ飛《と》んだ2A《ツーエー》はどう戦《たたか》うか。乞《こ》うご期待《きたい》!

二〇一五年《ねん》十月《がつ》

宗田《そうだ》 理《おさむ》

この作品は、一九九〇年十一月、角川文庫から刊行された『ぼくらの㊙《まるひ》学園祭』をもとに、つばさ文庫向けに大はばに書きかえ、漢字にふりがなをふり、読みやすくしたものです。

角川つばさ文庫

宗田 理／作

東京都生まれ、少年期を愛知県ですごす。『ぼくらの七日間戦争』をはじめとする「ぼくら」シリーズは中高生を中心に圧倒的人気を呼び大ベストセラーに。著作に『ぼくらの天使ゲーム』『ぼくらの大冒険』『ぼくらと七人の盗賊たち』『ぼくらの学校戦争』『ぼくらのデスゲーム』『ぼくらの南の島戦争』『ぼくらの㋳バイト作戦』『ぼくらのC計画』『ぼくらの怪盗戦争』『ぼくらの㊫会社戦争』『ぼくらの修学旅行』『ぼくらのテーマパーク決戦』『ぼくらの体育祭』『ぼくらの太平洋戦争』『ぼくらの一日校長』『ぼくらのいたずらバトル』『ぼくらの無人島戦争』『ぼくらのハイジャック戦争』『２年Ａ組探偵局 ラッキーマウスと３つの事件』『２年Ａ組探偵局 ぼくらの魔女狩り事件』『２年Ａ組探偵局 ぼくらのロンドン怪盗事件』（角川つばさ文庫）など。

はしもとしん／絵

和歌山県生まれ。角川つばさ文庫「ぼくら」「2A」シリーズのイラストを担当。

角川《かどかわ》つばさ文庫《ぶんこ》　Bそ1-18

ぼくらの㊙《まるひ》学《がく》園《えん》祭《さい》

作《さく》　宗田《そうだ》 理《おさむ》
絵《え》　はしもとしん

2015年12月15日　初版発行
2017年11月５日　４版発行

発行者　郡司 聡
発　行　株式会社KADOKAWA
〒102-8177　東京都千代田区富士見 2-13-3
03-3238-8521（カスタマーサポート）
http://www.kadokawa.co.jp/
印　刷　大日本印刷株式会社
製　本　大日本印刷株式会社
装　丁　ムシカゴグラフィクス

ISBN978-4-04-631420-8　C8293　N.D.C.913　287p　18cm